MÉMOIRES DE DOLLY MORTON

Roman érotique sur fond de guerre de Sécession

**Écrit par
Jean de Villiot**

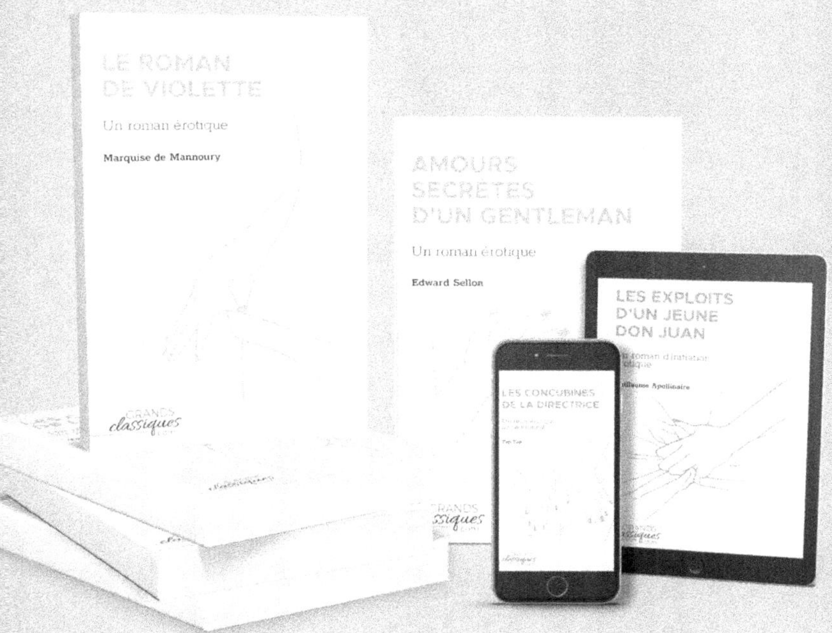

RETROUVEZ TOUS NOS GRANDS CLASSIQUES ÉROTIQUES

GRANDS
classiques
.com

LE ROMAN DE VIOLETTE
Un roman érotique
Marquise de Mannoury

AMOURS SECRÈTES D'UN GENTLEMAN
Un roman érotique
Edward Sellon

LES EXPLOITS D'UN JEUNE DON JUAN
Un roman d'initiation érotique
Guillaume Apollinaire

LES CONCUBINES DE LA DIRECTRICE
Tip Top

sur www.grandsclassiques.com

PRÉFACE

À nos lecteurs,

« La vérité, l'âpre Vérité, » s'est écrié Danton. Nous aussi, nous voulons la vérité, toute la vérité. Dussent quelques-uns en être froissés, nous la voulons surtout sur des sujets historiques qui nous paraissent avoir été le point de départ, sinon le motif, de la révolution qui s'est accomplie dans nos mœurs au cours de ce siècle. Nous ne vivons que par le souvenir, et, seule, l'Histoire peut évoquer à nouveau les heures qu'elle a vécues. Nous entreprenons donc ce livre avec la ferme conviction de faire œuvre utile en dévoilant des faits certainement ignorés de la masse du Public, faits qui nous semblent intéressants puisqu'ils sont intimement liés aux événements qui marquent l'évolution de notre civilisation moderne.

Il n'est pas absolument indispensable, quand on traite des matières quelque peu délicates et spéciales, de tomber dans la crudité, comme aussi il est possible de ne pas donner un tour de phrase pornographique des relations qui ne se rapportent qu'à des faits matériels, à des choses arrivées et qui, par conséquent, ne peuvent être que naturelles, car tout ce qui se passe sous le ciel ne peut être d'une autre essence. Un sentiment littéraire de mauvais aloi, une tartuferie affectée, sont mille fois plus méprisables et plus pernicieux que la bonne franchise et la liberté d'expression quand elles n'ont d'autre but que de mettre à nu, combattre, flageller, les vices des hommes.

Nous déclarerons d'abord franchement que la présente étude n'est pas écrite pour les enfants, grands ou petits, qui n'y verraient, ou plutôt ne voudraient y voir qu'un appel à une excitation malsaine, but duquel nous nous éloignerons sensiblement. Peut-être quelques-uns de nos lecteurs persisteront-ils quand même à trouver le mal là où il n'existe pas ; mais entre ceux-ci et nous, nous placerons le bon proverbe :

De gustibus et coloribus non disputandum.

À ces lecteurs nous recommanderons encore – et ils feront sagement de suivre notre conseil – de fermer vite ce livre, de le jeter loin, sans achever de le lire afin que leurs chastes pensées ne soient ainsi nullement troublées par cette lecture. Nous avons la prétention d'écrire pour les admirateurs du vrai, de la Nature, et rien n'est plus beau que la Nature, dans toute sa splendeur nue, quelquefois aussi dans toute sa hideur. Nous la décrivons telle qu'elle est, dépouillée de tous les voiles dont la pudibonderie exagérée se plait de la recouvrir.

* ∗∗∗ *

On aurait tort de s'imaginer que l'usage de verges a été de tout temps un apanage des sectes religieuses ou autres et bon nombre de littérateurs ont, dans leurs œuvres, largement usé de la flagellation et s'en sont fait un sujet pour contenter une certaine catégorie de lecteurs… malades.

Nous le répétons, – et nous ne saurions trop le redire – nous n'avons nullement l'intention de mettre sous les yeux de personnes vicieuses, des scènes plus ou moins impudiques ; contre de pareilles peintures s'élèverait à bon droit la morale publique.

Ce genre de littérature est, d'ailleurs, réprouvé des honnêtes gens, et c'est pour ceux-là seuls que nous écrivons, et comme c'est aux lecteurs intelligents que nous nous adressons, nous voudrions que les autres se rassurent dans le cas où leur esprit maladif ne pourrait approuver un ouvrage qui, ne répondant pas à leurs goûts, ne saurait être, par cela même, un remède à leur état d'âme. Qu'ils le critiquent donc, en poussant leur cri de protestation au nom de la morale outragée. Nous serons entièrement satisfaits de leur feinte indignation.

C'est surtout d'Outre-Manche que nous arrive la fausse pudibonderie. Il existe en effet, quelque part, à Londres, une société dite de Vigilance Nationale (?) laquelle s'érige en juge de nos actions, de nos mœurs, de nos livres. Cette société, qui se figure que son action a moralisé complètement les mœurs britanniques, opère maintenant chez nous, couvrant de sa surveillance, comme d'une égide, la vertu d'Albion menacée par nos écrits.

Cependant, John Bull avoue parfois qu'il peut être un pécheur ; mais, alors, il explique l'accusation qu'il porte contre lui-même, en faisant remarquer avec hypocrisie, qu'il n'est pas loin d'être aussi mauvais que d'autres.

Les mœurs anglaises sont curieuses. Leur isolement, leurs habitudes monacales exaltent les passions en les concentrant. Un reste de puritanisme les aggrave.

Là règne cette dangereuse maxime qu'une austérité rigoureuse est la seule sauvegarde de la vertu. Le mot le plus innocent effraye ; le geste le plus naturel devient un attentat. Les sentiments, ainsi réprimés, ou s'étouffent ou éclatent d'une manière terrible. Tout pour le vice ou tout pour la vertu, point de milieu ; les caractères se complaisent dans l'extrême, et l'on voit naître des pruderies outrées et des monstres de licence ; il y a des dévotes qui craignent de prononcer le mot *shirt* (« chemise ») et des femmes hardies, montrant dans l'accomplissement de la faute suprême la plus douce sérénité.

La société de Vigilance Nationale n'a rien à faire avec notre livre. La pruderie légendaire de nos voisins doit nous préserver de ses démarches ; aussi, est-ce avec peine que nous avons vu le Parquet français donner suite à des dénonciations venues d'Outre-Manche. Si la justice française – dont le rôle est de se prononcer moins sur la forme que sur le fond de tout ouvrage incriminé – continue à prêter une oreille attentive et complaisante aux dénonciations hypocrites des puritains anglais, nous verrons bientôt ceux-ci s'abattre de nos librairies.

Ils en supprimeront tout ce qui ne leur conviendra pas, à moins que ce ne soit pour emporter et lire, quand ils seront seuls, ces pages défendues qu'ils sont les premiers à honnir… en public…

Et quand on songe aux livres qu'ils trouvent immoraux, on frémit à la pensée d'être bientôt obligé de se passer de lire autre chose que la Bible.

La Bible ! Ah ! Messieurs, entendons-nous ! Voilà un livre qui vous est cher et qui nous appartient aussi bien qu'à vous, mais nous avons pris la précaution de l'expurger, et si la lecture en est ennuyeuse, du moins ne présente-t-elle aucun danger, tandis que telle que vous l'avez traduite, nous n'en permettrions la lecture à nos enfants que lorsqu'ils pourraient justifier de leurs quarante-cinq ans !

C'est ici que se place une admirable page de la préface de la Chanson des Gueux :

La gauloiserie, les choses désignées par leur nom, la bonne franquette d'un style en manches de chemises, la gueulée populacière des termes propres n'ont jamais dépravé personne. Cela n'offre pas plus de dangers que le nu de la peinture et de la statuaire, lequel ne paraît sale qu'aux chercheurs de saleté.

Ce qui trouble l'imagination, ce qui éveille les curiosités, ce qui peut corrompre, ce n'est pas le marbre, c'est la feuille de vigne qu'on lui met, cette feuille de vigne qui raccroche les regards, cette feuille de vigne qui rend honteux et obscène ce que la nature a fait sacré.

Mon livre n'a pas de feuille de vigne et je m'en flatte. Tel quel, avec ses violences, ses impudeurs, son cynisme, il me paraît autrement moral que certains ouvrages, approuvés cependant par le bon goût, patronnés même par la vertu bourgeoise, mais où le libertinage passe sa tête de serpent tentateur entre les périodes fleuries, où l'odeur mondaine de lubin se marie à des relents de marée, où la poudre de riz qu'on vous jette aux yeux a le montant pimenté du diablotin, romans d'une corruption raffinée, d'une pourriture élégante, qui cachent des mozas vésicants sous leur style tempéré, aux fadeurs de cataplasme. La voilà, la littérature immorale ! C'est cette belle et honnête dame, fardée, maquillée, avec un livre de messe à la main, et dans ce livre des photographies obscènes, baissant les yeux les mieux faire en coulisses, serrant pudiquement les jambes pour jouer plus allègrement de la croupe, et portant au coin de la lèvre, en guise de mouche, une mouche cantharide. Mais, morbleu ! ce n'est pas la mienne, cette littérature !

La mienne est une brave et gaillarde fille, qui parle gras, je l'avoue, et qui gueule même, échevelée, un peu ivre, haute en couleur, dépoitraillée au grand air, salissant ses cottes hardies et ses pieds délurés dans la glu noire de la boue des faubourg ou dans l'or chaud des fumiers paysans, avec des jurons souvent, des hoquets parfois, des refrains d'argot, des gaietés de femme du peuple, et tout cela pour le plaisir de chanter, de rire, de vivre, sans arrière-pensée de luxure, non comme une mijaurée libidineuse qui laisse voir un bout de peau afin d'attiser les désirs d'un vieillard ou d'un galopin, mais bien comme une belle et robuste créature, qui n'a pas peur de montrer au soleil ses tétons gonflés de sève et son ventre auguste où resplendit déjà l'orgueil des maternités futures.

Par la nudité chaste, par la gloire de la nature, si cela est immoral, eh bien ! alors, vive l'immoralité ! Vive cette immoralité superbe et saine, que j'ai l'honneur de pratiquer après tant de génies devant qui l'humanité s'agenouille, après tous les autours anciens, après nos vieux maîtres français, après le roi Salomon lui-même, qui ne mâchait guère sa façon de dire, et dont le Cantique des cantiques, si admirable, lui vaudrait aujourd'hui un jugement à huis-clos.

***

Que pourrions-nous ajouter à ce qui précède ?

Nous tenions simplement à mettre le public d'amateurs et de bibliophiles, auquel nous nous adressons exclusivement, en garde contre les menées d'un petit nombre de faux apôtres qui ont la prétention – et peut-être la conviction – de nous empêcher d'exposer un sujet délicat, comme s'il n'était pas possible de le faire sans tomber dans l'obscénité.

Nous ferons précéder notre récit d'une explication destinée à éclairer le lecteur sur les pratiques en usage dans la flagellation des esclaves en Amérique, avant l'époque ou se passe notre action.

Ce sujet nous a semblé intéressant au plus haut point, c'est pourquoi nous n'hésitons pas à publier ces pages.

Jean de Villiot

PROLOGUE

Pendant l'été de 1866, peu après la signature du traité de paix qui termina la guerre de Sécession, j'habitais New York, de retour d'une expédition de chasse et de pêche en Nouvelle-Écosse, attendant le paquebot qui devait me ramener à Liverpool.

J'avais alors trente ans à peine, j'étais robuste, bien portant ; encore avais-je une taille qui pouvait passer pour avantageuse près de six pieds !

Mon esprit aventureux et ma curiosité à l'endroit de ce qui m'était inconnu me poussèrent, durant mon séjour à New York, à parcourir la cité en tous sens, explorant de préférence les plus vilains quartiers de la capitale du Nouveau Monde. Au cours de mes pérégrinations je fis des études de mœurs assez curieuses ; j'ai conservé soigneusement des notes qui, peut-être un jour, formeront la relation complète de mes aventures. Cependant, à titre d'essai, je détache cette page du livre de ma vie.

Un après-midi, vers cinq heures, j'étais entré à Central Park afin de m'y reposer un peu en fumant un cigare. Nous étions en pleine canicule ; le soleil déclinait vers l'ouest, éclatant encore de toute sa lumineuse splendeur dans un ciel d'un bleu cru. Oisif, je regardais indifféremment les promeneurs, lorsque mon attention fut attirée vers une jeune femme assise sur le banc près duquel je flânais ; elle était absorbée dans la lecture d'un livre qui paraissait l'intéresser vivement. Elle pouvait avoir vingt-cinq ans ; son visage, d'un ovale régulier, était charmant, et de sa physionomie se dégageait un caractère de douceur infinie. Ses cheveux châtain clair – suivant la mode de la coiffure féminine à cette époque – étaient relevés sur sa tête en un lourd chignon. Sa robe, très simple, quoique de coupe élégante, ses fines bottines et son maintien sérieux, tout en cette jeune femme indiquait une personne du meilleur monde. Je la regardais d'abord à la dérobée ; puis la fixais obstinément, comme si j'eusse voulu exercer sur cette belle étrangère un regard fascinateur. Un instant après, en effet, elle eut intuitivement conscience de cette force magnétique ; car, levant enfin les yeux, elle m'examina des pieds à la tête ; satis-faite sans doute d'une petite perquisition qui paraissait n'avoir rien de désobligeant pour moi, elle me sourit aimablement et me fit un signe discret. C'était évidemment une invitation à venir m'asseoir auprès d'elle. J'avoue que j'en fus tout d'abord on ne peut plus surpris : je ne croyais certes pas avoir affaire à une demi-mondaine.

Une conversation avec une jolie femme ne m'a jamais dé-plu ; c'est pourquoi j'acceptai sans façon la place que m'offrait à côte d'elle la jolie lectrice dont le corsage exhalait des parfums capiteux et singulièrement troublants.

D'un petit ai dégagé elle amorça la conversation. Mon inconnue parlait correctement, d'une voix très harmonieuse, à laquelle son accent américain ajoutait un charme infini.

Je la regardais encore. Elle était vraiment adorable : ses longs yeux bleus, visage un peu pale, le mignon retroussis de son nez et sa petite bouche joliment meublée de deux rangées de petites dents nacrées, tout cela m'attirait étrangement ; elle avait une loquacité de fauvette, babillant gentiment sur toutes choses, en employant des expressions gamines qui m'amusaient fort. Je pris alors la grande résolution non seulement de la reconduire jusqu'à sa porte, mais Dieu et mon porte-monnaie aidant, de me faire offrir une hospitalité toute écossaise. Après quelques instants d'une causerie devenue plus familière, je l'invitai à dîner, ce qui parut la charmer, car elle accepta incontinent, sans se faire prier.

Nous nous installâmes dans un restaurant où je commandai un dîner au champagne. La soirée s'acheva au théâtre et, la pièce terminée, je hélai un « hack » (voiture de place) et je reconduisis chez elle ma conquête qui, en route, m'apprit qu'elle s'appelait Dolly.

La maison qu'habitait Dolly était d'élégante apparence ; la porte nous fut ouverte par une quarteronne coquettement habillée qui nous introduisit dans un salon. Cette pièce, d'aspect honnête, était meublée avec un goût exquis ; le parquet était jonché d'épais tapis d'Orient ; des tentures de velours cramoisi pendaient aux portes ; tout était d'un confortable parfait.

Dolly m'invita à m'asseoir dans un large fauteuil, et, me priant de l'excuser, se relira dans la pièce voisine qui, ainsi que je fus à même de le savoir plus tard, était sa chambre à coucher. Elle revint au bout d'un instant drapée d'un grand peignoir blanc, orné de rubans bleus. Elle était chaussée de jolies sandales ; maintenant ses cheveux flottaient sur ses épaules et tombaient jusqu'aux reins.

Elle ne portait sous son peignoir – ainsi que je le vis ensuite – qu'une fine chemise garnie de dentelles et des bas de soie rose, attachés très haut au-dessus du genou par une jarretière de satin rouge. Sous ce vêtement d'intérieur, ma conquête était, au surplus, d'une esthétique qui eût fait rêver Michel-Ange lui-même : sa taille aux courbes accentuées s'élançait hardiment des hanches copieuses et souples et sa peau douce comme un velours, fine comme un satin, frissonnait au moindre baiser de l'air.

Le cerveau troublé par cette apparition, en proie à une fièvre inconnue dont je n'avais encore jamais ressenti les atteintes, fou d'amour, je me précipitai dans sa chambre…

Le lendemain matin, je m'éveillai vers huit heures et demie ; ma compagne dormait ; ses cheveux épars sur l'oreiller semblaient la nimber de vapeurs. Elle me parut encore plus belle, plus ravissante que la veille ; sous la clarté des lumières elle était ainsi adorable. Sa peau gardait une matité incomparable qui semblait lui donner le sommeil ; ses seins fermes et blancs comme des dômes neigeux s'agitaient doucement sous l'action de la respiration tranquille.

Cependant elle se réveilla. Ce fut pour moi une joie, comme ce me fut un embarras. Ébloui, je ne savais que lui dire et comme le sujet de la guerre était encore à l'état d'actualité, je lui demandai banalement qui, des Nordistes ou des Sudistes, avaient ses sympathies.

Elle vit mon trouble et ma gaucherie, et répondit :

— Je suis Nordiste, toutes mes sympathies vont donc à mes compatriotes et je suis profondément heureuse que les Sudistes aient été battus, l'esclavage aboli. C'était une atrocité et une honte pour notre pays.

— Mais, lui dis-je, si je men rapporte à ce que j'ai entendu dire, il est infiniment probable que les Nègres étaient plus heureux avant la guerre, quoique esclaves, qu'ils ne le sont maintenant en tant que citoyens libres.

— Oui, mais ils sont *libres*, et c'est là un grand point. Peu à peu, les choses s'arrangeront.

— On m'a affirme que les esclaves étaient généralement bien traités par leurs maîtres.

— Cela peut être exact, mais ils ne jouissaient d'aucune sécurité ; du jour au lendemain, vendus à des maîtres étrangers, le mari était séparé de la femme, la mère de l'enfant ; de plus, beaucoup de propriétaires traitaient ces malheureux avec la plus grande brutalité, les accablant de travail, les nourrissant plus mal que des chiens. Les filles et les femmes, mistis ou quarteronnes, ne pouvaient rester vertueuses, obligées qu'elles étaient de se plier au désir du maître, et si, par hasard, elles avaient la force de résister, elles étaient fouettées jusqu'au sang.

— Vous m'étonnez… J'avais bien entendu dire que ces pratiques barbares s'exerçaient contre des hommes, mais à l'égard des femmes…

— … Je ne me trompe pas, croyez-moi. Je connais à fond ce sujet ; j'ai vécu longtemps moi-même dans un État esclavagiste avant la guerre ; aussi ai-je pu étudier la question de très près.

— Les femmes étaient-elles souvent fouettées ?

— Je ne pense pas qu'il y ait eu une seule plantation où elles ne fussent punies de cette façon. Naturellement il y avait des maîtres plus mauvais que d'autres, mais ce qui, en tout cas, rendait la punition plus pénible, c'est qu'elle était toujours infligée par des hommes, et souvent devant une réunion d'hommes.

— Sur quelles parties du corps fouettait-on les femmes, demandais-je vivement intéressé, et avec quel instrument était infligé ce châtiment ?

— C'était presque toujours le derrière qui avait à supporter les coups. Quant aux instruments affectés à cet usage, les plus répandus étaient la baguette de noisetier, la courroie et la batte.

— La batte ?

— Oui, c'est un instrument de bois rond et plat, attaché à un long manche. On l'emploie toujours pour frapper sur le derrière. Chaque coup froisse les chairs, boursoufle la peau d'une large ampoule, mais le sang ne coule pas. La baguette au contraire cingle comme une cravache et, pour peu qu'elle soit appliquée rudement, elle incise ta peau et le sans jaillit. Il y avait encore un terrible instrument, qu'on appelait communément *la peau-de-vache*, mais on ne l'employait que sur les hommes.

— Vous êtes, en vérité, très au courant des différents supplices ; mais par quel hasard vous trouviez-vous dans un état esclavagiste ?

— J'aidais à tenir une *station souterraine* ; mais savez-vous ce que l'on entendait par là ?

Et comme je répondais négativement elle reprit :

— Une station souterraine était une maison dans laquelle les abolitionnistes hospitalisaient les Nègres Marrons. Il y avait plusieurs de ces établissements dans le Sud et les déserteurs étaient envoyés d'une station à l'autre jusqu'à ce qu'ils fussent parvenus dans un État libre. C'était très dangereux, car l'aide donnée à un Nègre Marron était considérée comme une grave infraction aux lois des pays du Sud. Tout homme ou femme surpris dans l'accomplissement de cette œuvre d'affranchissement était certain d'avoir à subir une très longue période d'incarcération dans les prisons de l'État, avec, en surcroît, les travaux forcés. De plus, la majeure partie du public s'élevait *contre* les abolitionnistes, non seulement les propriétaires d'esclaves, mais, chose incroyable, les Blancs qui ne possédaient plus un seul Nègre se déclaraient esclavagistes. Il arrivait souvent que les anti-esclavagistes étaient pris et on leur faisait subir mille tortures. Il y en eut que l'on enduisit de goudron et de plumes, d'autres que l'on mit tout nus à cheval sur un rail suspendu...

— Avez-vous eu à subir de pareilles épreuves dans votre station ?

— Certes, j'ai eu beaucoup à souffrir, et ce qui m'est arrivé là-bas a changé entièrement le cours de ma vie ; mon séjour dans le Sud a fait de moi ce que je suis… une prostituée, ajouta-t-elle tristement. Oh ! les Sudistes, comme je les hais les bêtes féroces ! reprit-elle avec une colère rageuse.

Cette exclamation, qui me parut être l'expression de douleurs morales longtemps accumulées, me fit comprendre que ma petite amie devait être l'héroïne d'une histoire intéressante. Ma curiosité se trouvait piquée au vif.

Je repris :

— Je serais bien heureux d'apprendre ce qui vous est arrivé dans le Sud, ma belle amie.

Après un moment d'hésitation, elle se décida à me répondre :

— Je n'ai jamais raconté mon histoire à personne ; vous me paraissez cependant d'un naturel affectueux. Je consentirai à vous narrer les épisodes de ma vie extraordinaire, si vous voulez bien me faire le plaisir de dîner ce soir avec moi, sans cérémonie aucune.

J'acceptai cette invitation avec un empressement d'autant plus vif que, très amoureux encore, j'entrevoyais avec chagrin la fin probable de mon aventure galante.

En ce moment on frappa à la porte, et la quarteronne entra, très proprement et presque élégamment vêtue. Elle apportait du thé et des tartines grillées qu'elle plaça à côté du lit.

— Mary, lui dit Dolly, donnez-moi un peignoir.

Puis, se tournant vers moi, elle me dit :

— Mary a été esclave pendant vingt-cinq ans, et si cela vous intéresse, vous pouvez la questionner sur sa vie passée, elle vous répondra franchement ; d'ailleurs elle n'est pas timide… N'est-ce pas, Mary ?

La quarteronne, une grosse bonne femme, sourit largement, montrant une rangée de dents à rendre jalouse une jeune pouliche.

— Non, Miss Dolly, répondit-elle, mo pas timide.

J'étais également tout disposé à questionner Mary. Je lui demandai :

— Dites-moi, quel âge avez-vous, et de quel État venez-vous ?

— Mo qu'avé tente années, me répondit-elle dans un charabia nègre presque incompréhensible, et mo qu'a été élevée su plantation à vieux Massa Bascombes dans État Alabama. Là s'y trouvait avec mo 150 mouns ; dans maison là, mais gagné douze servantes. Mo-même femme de chambre, ajouta-t-elle avec orgueil.

— Votre maître était-il bon pour vous ? hasardai-je.

— Mon maît, assez bon Moun, baillé nous bon à manger et li pas demander tavail top gand, mais li sévé et li fait baillé nous dans son plantation et son case, bon coup de fouets.

— Avez-vous été souvent fouettée, Mary ?

Mary me regarda avec un air stupéfait, tant la question lui paraissait extraordinaire.

— Mo qu'a été fouettée bien souvent, dit-elle en gardant son air étonné, mo qu'a vieux sept ans quand mo kimbé première fessade, et mo fini quand mo kimbé vingt-cinq ans une semaine même quand Président baillé liberté à tous Nègres.

— Comment avez-vous été fouettée ?

— Quand me pitit fille, mo recevée fessée, et quand mo vini grand fille li baillé mo fessade avec courroie ou baguette bois, mo aussi gagné fessade su mo derrière même tout nu, avec batté, ça qu'a fait mo beaucoup grand mal.

— Qui est-ce qui fouettait les femmes ?

— Un capataz, mais, massa li aussi qu'a donné fessée à moun dans chambre même gardée pour ça, femme li qu'a fouettée attachée par terre su banc, jupon li livé et li gagné fessade su derrière même tout nu.

— Les fessées étaient-elles sévèrement données ?

— Oh ! fouetté la qu'a baillé nous grand mal, nous qu'a crié beaucoup fort, même chose lapin, et fouettée li qu'a duré jusqu'à sang sorti.

Dolly nous interrompit.

— Quand la peau avait été coupée par une fustigation trop vive, dit-elle, les marques ne disparaissaient jamais entièrement. Mary en porte encore les marques à l'heure qu'il est.

Et je m'assurais *de visu* de la véracité des dires de Dolly.

Je remarquais sur le dos et le postérieur de Mary que la peau était zébrée de longues lignes blanches, profonde, produites par la baguette.

La quarteronne semblait éprouver un certain plaisir à exposer ses charmes, et elle serait sans doute restée longtemps encore dans cette position si sa maîtresse ne l'avait invitée à laisser tomber ses jupons. Elle quitta alors la pièce en souriant, très satisfaite.

— Eh bien ! me dit Dolly, vous avez vu les tatouages qui

ornent la peau de ma domestique. De plus, elle a été séduite ou, pour mieux dire, prise de force par le fils aîné de son maître ; elle n'avait alors que quinze ans. Elle passa ensuite par les caprices des deux plus jeunes, ce qui ne l'empêcha d'ailleurs nullement de recevoir le fouet pour la moindre peccadille. Parfois, m'a-t-elle raconté, elle était dans l'obligation de coucher avec un de ses maîtres et, encore toute saignante de coups, de se plier à toutes ses fantaisies. J'ai à mon service, comme cuisinière, une femme noire de trente-cinq ans environ. Elle vient de la Caroline du Sud. Son corps est encore plus atrocement déchiré que celui de Mary.

Dolly but une gorgée de thé et continua :

— Ne croyez-vous pas maintenant que l'abolition de l'esclavage est une bonne chose ?

Je répondis affirmativement.

Nous n'échangeâmes que peu de paroles pendant la fin du déjeuner.

Je m'habillai promptement et quittai Dolly, lui rappelant notre entrevue du soir et sa promesse de me raconter les aventures de sa vie. Je passai une journée agitée, brûlant d'entendre Dolly me raconter des aventures, que je soupçonnais palpitantes et pleines d'intérêt.

L'aiguille du temps tournait trop lentement à mon gré. Enfin, elle marqua sept heures, et j'accourus, ou plutôt je courus chez ma nouvelle maîtresse. Elle me reçut avec affabilité, et, après avoir soupé sommairement, tant était grande mon impatience, j'allumai un cigare et m'installai commodément et j'attendis le récit promis. Comme il devait être très long, je résolus d'exercer mes talents sténographiques. L'occasion me parut, d'ailleurs, excellente.

Donc, ce qui suit est l'exacte reproduction des paroles de Dolly. Je les ai reproduites sans y rien ajouter, sans nul commentaire. C'est, en vérité, une confession que je livre au Public. À lui d'en tirer telle instructive moralité qu'il lui plaira.

1
L'enfance de Dolly

Pour l'intelligence de mon récit, permettez-moi de vous donner d'abord quelques détails sur mes jeunes ans.

Je m'appelle Dolly Morton, et je viens d'avoir trente ans. Je suis née à Philadelphie où mon père était employé de banque. J'étais fille unique et ma mère, étant morte alors que j'avais à peine deux ans, je n'ai gardé aucun souvenir de celle devait qui guider mes premiers pas dans la vie.

Nous étions sans fortune, et quoique mon père n'eût que de faibles appointements, je reçus néanmoins une éducation soignée ; il avait l'espérance que je pourrais plus tard vivre en donnant des leçons.

Puisque je parle de mon père, je crois nécessaire de vous dire quel était son caractère : c'était un homme froid et réservé, n'ayant jamais eu pour moi la moindre tendresse ; je ne reçus de lui aucune marque d'affection paternelle. Peut-être m'aimait-il ? C'est probable, quoiqu'il ne le laissât jamais paraître. J'étais fouettée sévèrement pour la moindre incartade et ces punitions honteuses ont laissé gravée dans mon souvenir une impression pénible que je ne me rappelle jamais qu'avec douleur. Après ces corrections j'allais, sanglotant, trouver la vieille servante qui m'avait élevée. Elle me plaignait, me soignait, et tout était fini, jusqu'à ce qu'une autre faute me faisait retomber sous le courroux paternel.

Mon père, d'un caractère peu communicatif, détestait la société. Aussi avais-je peu d'amies. C'est là une faute. Que peut devenir une jeune fille, d'un caractère expansif, partageant son temps entre la lecture et les distractions futiles. Aliments insuffisants pour un esprit vit et imaginaire ? Pauvre isolée dans un milieu désert, l'enfant s'étiole, semblable à ces fleurs abandonnées qu'on n'arrose jamais. Je possédais heureusement une bonne santé, un caractère gai, et j'aimais passionnément la lecture. C'était pour moi une grande consolation, et, quoique parfois triste, je n'étais pas en vérité trop malheureuse.

Quand j'atteignis dix-huit ans, cette existence monotone commença à me peser singulièrement et je tentais de prendre quelque liberté. Ceci ne me réussit nullement ; mon père, sans s'inquiéter autrement de l'indécence qu'il y avait à fouetter une jeune fille de mon âge, me donna le fouet, promettant d'user couramment de ce moyen de punition jusqu'à ce que j'eusse atteint l'âge de vingt ans. Vous pouvez juger de l'effet produit par la perspective du fouet ! Était-ce bien un père qui parlait ? Quoi ! je me voyais dans l'expectative d'une humiliante cor-rection jusqu'à l'âge de raison, peut-être jusqu'à mon mariage !

Je dus m'incliner ; j'étais très romanesque, je rêvais d'amour du matin au soir, mais l'idée de résister à l'auteur de mes jours ne se serait jamais présentée à mon esprit, et j'acceptais les fessées avec toute la philosophie possible.

Cette vie changea brusquement ; mon père fut enlevé en

quelques jours par une pneumonie et je me vis seule au monde. Tout d'abord, je fus abasourdie, mais je ne ressentis pas un bien vif chagrin ; je n'avais jamais éprouvé pour lui qu'une amitié modérée. Ses manières brusques surtout m'affligeaient et étaient cause de mon peu d'affection.

Je n'en ôtais pas moins seule… bien seule, abandonnée dans un milieu indifférent, sans expérience de la vie, sans défense contre ses embûches ; comment ne suis-je pas tombée dans les pièges tendus par le vice, dans les bas-fonds de la débauche, poussée par la misère, la misère, cette pourvoyeuse qui guette et manque rarement sa proie ! C'est ce que je ne saurais dire. La destinée me réservait ses coups pour l'avenir.

Mon père mourait, ne laissant que des dettes et la meute sinistre des créanciers commença à gronder. J'étais sans ressources pécuniaires ; il fallut donc me résoudre à faire argent de tout, et je vendis de mon mobilier ce qui avait quelque valeur. Ce fut, bien entendu, pour régler les créanciers aux aguets, si bien qu'il ne me resta pas un rouge liard.

Je ne savais où coucher, et ma bonne dut m'offrir une hospitalité qui, pour être généreuse, n'en était pas moins momentanée, c'est-à-dire jusqu'au jour où, rencontrant par bonheur une dame que j'avais un peu connue autrefois, je lui narrai ma détresse. Elle en fut vivement touchée et me recueillît dans sa demeure.

Miss Ruth Dean – c'était le nom de ma bienfaitrice – était quakeresse. Âgée de trente ans, vierge sans aucun doute, elle possédait un cœur d'une extrême sensiblerie. Sa bourse était sans cesse ouverte à l'infortune et se vidait généreusement pour les œuvres philanthropiques.

Sans être jolie, elle était agréable, grande et mince, un corps délicat, de grands yeux d'une douceur extrême, des cheveux noirs, peignés en bandeaux, donnaient à son visage une expression de douce quiétude et de sérénité et on y lisait toute la mansuétude d'une âme généreuse. Cependant, douée d'une indomptable énergie, elle supportait sans se plaindre d'accablantes fatigues.

Elle fut pour moi la meilleure des amies, me traita comme une compagne, me lit manger à sa table. Enfin, elle mit une jolie chambre à ma disposition.

Miss Dean avait des correspondants dans toute l'Amérique, et c'est alors que l'instruction que j'avais reçue me fut d'une grande utilité : Miss Dean, on effet, fit de moi son secrétaire, me donnant de petits appointements et tous les vêtements dont j'avais besoin, y compris le linge de corps.

Peu à peu, elle devint pour moi une véritable sœur ; elle me trouvait jolie et me le disait ; rien n'était trop beau pour satisfaire mes désirs ; elle donnait des jupons et des chemises garnies de dentelles, alors qu'elle revêtait de simples dessous de toile grossière, et une éternelle robe gris perle, toute droite et unie. Ces petits détails me sont chers ; ils me rappellent l'époque heureuse de ma vie. jamais je ne goûtai de bonheur plus grand qu'en ce temps d'existence paisible.

Il est évident qu'une aussi douce personne, au cœur si généreux, ne pouvait aimer l'esclavage.

Miss Dean faisait partie de la ligue abolitionniste et fournissait des fonds aux personnes chargées des *stations* ; elle-même recevait assez souvent des esclaves Marrons, ce quelle pouvait faire, du reste, ouvertement et sans danger, la Pennsylvanie étant un état libre.

Deux ans s'écoulèrent. J'avais beaucoup d'amies, et quoique Miss Dean, en tant que quakeresse, n'aimât les bals ni le théâtre, elle donnait néanmoins de petites soirées ; il va sans dire que j'y étais adulée et fêtée et que ma jeune beauté y attirait beaucoup d'adorateurs. Cette existence me plaisait à merveille. Mais ce n'était que le prélude, le tableau enchanteur qui précéda le terrible drame qui allait briser ma carrière.

2
Une « station souterraine »

Les relations entre le Nord et le Sud étaient déjà très tendues lorsque survint la mort de John Brown, le grand abolitionniste. C'était une grande perte pour les amis de la liberté. Miss Dean en fut particulièrement touchée ; elle connaissait intimement ce grand homme, et l'applaudissait hautement d'avoir poussé les esclaves à l'émancipation. Tout acte en faveur des malheureux noirs était bon et bien fait à son avis, et elle déclarait quelle n'hésiterait pas une seconde à imiter John Brown si l'occasion s'en présentait.

De l'intention à l'action il n'y avait que peu de distance pour Miss Dean : elle résolut de diriger une *station souterraine*. Elle me fit part de son projet :

« Il y a longtemps que j'aurais dû commencer à aider ces malheureux noirs, me dit-elle. Je suis certaine de diriger la *station* mieux qu'un homme ; les *rôdeurs* se méfient facilement d'hommes habitant seuls, mais ne supposent nullement qu'une femme ait le courage de faire ce dangereux métier. En vivant tranquillement et en prenant toutes les précautions nécessaires, je ne pourrais être inquiétée. »

J'étais moi-même une fervente abolitionniste et l'enthousiasme communicatif de Miss Dean m'enflamma à mon tour. La douleur d'autrui m'a toujours peinée et j'étais décidée à tout risquer pour aider mon amie dans son noble projet. Je lui fis part de ma décision. Elle refusa d'abord de m'écouter, disant que c'était une folie, me faisant envisager les risques d'une telle entreprise et le long emprisonnement que nous aurions à subir si nous venions à être découvertes.

— Non pas, ajouta-t-elle, que j'aie peur de la prison, mais vous, Dolly, vous seriez trop malheureuse. Vous êtes jeune, sensible et peu habituée à souffrir ; vous ne pourriez supporter et la mauvaise nourriture et les durs travaux qu'on vous infligerait. De plus, on m'a raconté que dans le Sud, on coupait les cheveux des femmes captives. Non, ma chérie, vraiment, je ne puis vous emmener ; si un malheur quelconque vous arrivait, je ne me le pardonnerais jamais.

— Eh ! répondis-je, le travail ne m'effraie pas, et mes cheveux ne sont pas si beaux que les vôtres. Je puis donc bien courir les mêmes risques que vous. Ne pensez pas que je veuille vous abandonner au moment du danger. Je veux le partager avec vous, et, bon gré mal gré, vous m'emmènerez, m'écriai-je en l'embrassant câlinement.

Certes, ma fidélité la touchait vivement, mais elle n'était pas encore convaincue.

Enfin j'insistai avec tant de force qu'elle finit par m'accepter comme collaboratrice. Elle écrivit immédiatement à quelques « amis » en les priant de lui faire savoir dans quelle partie du Sud une nouvelle « station » pourrait rendre le plus de services.

Les réponses ne se firent pas attendre, et, après avoir discuté le pour et le contre de tous les endroits proposés, notre choix s'arrêta sur une maison située au centre de la Virginie, près de la petite ville de Hampton sur la rivière James, à environ 2 milles de Richmond la capitale de l'État.

Miss Dean donna immédiatement des ordres afin de louer et préparer la maison pour deux dames qui, pour des raisons de santé, désiraient passer quelque temps en Virginie.

Nous commençâmes nos préparatifs, et mon amie décida de n'emmener qu'une seule domestique. Marthe – c'était son nom – quakeresse comme sa maîtresse, était depuis longtemps à son service. Elle n'ignorait pas le but de notre déplacement, et n'hésitait pas à courir les risques de la prison ou de l'expéditive loi de Lynch.

Par mesure de prudence, nous avions laissé ignorer à tous nos amis l'emplacement exact de notre résidence, nous contentant de répondre aux nombreuses questions qui nous étaient adressées que nous allions faire une excursion dans le Sud.

Quinze jours plus tard, nos préparatifs étant achevés, nous nous mettions en route, et, après un séjour de deux jours à Richmond, nous arrivions à notre nouvelle installation.

Tout était en bon ordre et paraissait confortable dans notre nouvelle demeure. La maison, très isolée, située au bout d'une longue avenue, se cachait dans les terres à un quart de mille de la route. Il y avait cinq grandes pièces et une cuisine ; derrière la maison un jardin, rempli de fleurs et d'arbustes, donnait une agréable fraîcheur. Une barrière entourait toute la propriété.

L'aménagement des diverses chambres fut de suite commencé, et Marthe prépara le thé et te servit dans la salle à manger. C'était une grande pièce, basse de plafond, et recevant le jour par deux grandes fenêtres garnies de fleurs. L'ameublement en était original : des objets absolument modernes et des meubles lourds et antiques s'y trouvaient entremêlés. Néanmoins, l'ensemble produisait un agréable effet. Notre lunch terminé, Miss Dean écrivit aux « amis », qui dirigeaient les stations nord et sud, amis avec lesquels nous allions entrer en communication, « que nous pourrions désormais leur être utiles pour faciliter l'évasion des esclaves ».

Les plus proches stations se trouvaient, au Sud, à trente milles et celle du Nord à vingt-cinq milles.

La correspondance terminée, et comme nous avions grand besoin de repos, nous nous couchâmes. Le lendemain matin, je me réveillai fraîche et parfaitement disposée, et comme Miss Dean dormait encore, je m'habillai sans bruit et me glissai jusqu'à la porte, dans le but d'explorer les environs.

Au dehors, la végétation était ravissante, et à chaque pas je rencontrai des arbres et des fleurs qui m'étaient inconnus.

Pendant plus d'une heure, j'allai ainsi à l'aventure, sans rencontrer un seul Blanc, quoique je visse beaucoup de noirs travaillant dans les champs. Ces braves gens, s'apercevant de la présence d'une étrangère, me regardaient avec de grands yeux surpris, comme des bœufs qui regardent passer un convoi.

Je rentrai enfin. Miss Dean m'attendait pour le déjeuner,

que Marthe apporta immédiatement. J'y fis rand honneur, la promenade m'ayant mise en appétit.

Nous fumes bientôt complètement installées, et, insouciantes du danger, toutes nos précautions ayant été prises, nous semblait-il, aucun mauvais pressentiment ne venait troubler notre quiétude.

La nouvelle vie que j'allais mener m'amusait déjà beaucoup ; nous avions fait de nombreuses provisions et caché des matelas et couvertures dans une petite cabane attenante à la maison, dans le cas où un fugitif arriverait de la « station » située au nord de la nôtre.

3
Une évasion

Notre maison était fort bien située pour la mission que nous avions à remplir, notre plus proche voisin demeurant à trois milles, et la petite ville de Hampton étant à peu près à la même distance.

La température était très élevée, mais je m'y habituai parfaitement et tous les jours, je faisais de longues promenades dans la campagne, vêtue d'une robe légère et d'un chapeau de paille ; les Nègres eurent vite fait de me connaître, et, s'apercevant de l'intérêt que je leur portais, ils m'offraient de nombreux présents, entre autres de beaux morceaux d'opossum et de coon, animaux à chair délicate dont les esclaves étaient très friands.

Souventes fois je me promenai dans les plantations et dans le quartier des esclaves, mais je prenais grand soin à faire ces visites secrètement, car si les propriétaires d'esclaves ou même les Blancs des environs s'en étaient aperçus, nos desseins eussent bien vite été découverts.

Trois mois passèrent ainsi tranquillement. Nous recevions en moyenne deux ou trois esclaves fugitifs par semaine. Ils arrivaient généralement à la nuit tombante ; nous leur faisions prendre un repas réconfortant et leur donnions un abri dans la cabane. Munis de provisions, ils repartaient le lendemain au soir pour une autre station, se dissimulant soigneusement dans les sentiers ou le long des plantations.

Parfois, trop fatiguées pour continuer leur route, les femmes restaient jusqu'à ce qu'elles fussent en état de partir.

Parmi ces Nègres Marrons, les uns arrivaient bien vêtus et sans avoir trop souffert, mais d'autres, le plus grand nombre, étaient dans un état horrible. Beaucoup de femmes avaient des enfants sur les bras, quelques-unes venant de la Floride, après une marche pénible et dangereuse,

Presque tous ces évadés portaient des traces récentes de coups de fouet, et certains le stigmate de leur propriétaire imprimé au fer rouge. J'ouvre ici une parenthèse pour vous donner une idée de la misère de ces pauvres diables.

Un soir, nous étions, Miss Dean et moi, tranquillement installées à lire et à discuter sur le sujet de notre lecture ; depuis près d'une semaine, nous n'avions eu personne à secourir et mon amie disait justement : « Je me demande si un de ces malheureux viendra, ce soir, nous demander l'hospitalité », quand nous entendîmes heurter à la porte.

Je courus ouvrir. Une femme entra en chancelant et vint tomber évanouie à mes pieds. J'appelai à mon aide Miss Dean et Marthe et nous transportâmes la malheureuse sur un canapé.

C'était une fort jolie fille, très claire de peau ses cheveux bruns flottaient sur ses épaules, car elle ne portait pas de madras. Elle pouvait avoir seize ans ; ses seins étaient déjà très développés. Les femmes de couleur entrent très jeunes en état de nubilité. Elle n'avait jamais travaillé dans les plantations, car ses mains étaient fines et blanches et ses vêtements d'une certaine recherche étaient seulement déchirés et souillés. Elle était chaussée de gros souliers qui, ainsi que ses bas, était recouverts de boue. Elle revint promptement à elle et ses grands yeux hagards nous regardèrent avec une expression de douleur et de crainte. Elle but avidement un grand bol de bouillon et dévora la viande qu'on lui servit. La pauvre femme n'avait rien mangé depuis vingt-quatre heures ! Au lieu de l'envoyer dans la cabane, je fis monter cette pauvre fille dans une chambre inoccupée où se trouvait un lit, et je la priai de se déshabiller. Elle me regarda timidement puis après un moment d'hésitation, enleva sa robe et ses jupons —elle n'avait, pas de pantalon. Je vis alors que sa chemise était remplie de taches de sang. Je compris que la malheureuse avait été fouettée récemment, et, doucement, je la décidai à me raconter son histoire.

Elle appartenait à un planteur, un homme marié et père de famille, qui demeurait à 25 milles de là. Son maître, la trouvant à son goût, lui ordonna un jour de se trouver dans son cabinet de toilette, à une certaine heure. Elle était vierge et, comme elle savait ce qui l'attendait, elle *osa* se soustraire à l'ordre donné. Le lendemain, on lui donnait une note à remettre au majordome, qui, l'emmenant à la salle d'exécution, lui apprit qu'elle allait être fouettée pour désobéissance. Couchée sur un chevalet, les membres attachés et son jupon relevé, le capataz la fouetta sans pitié, jusqu'à ce que le sang ruisselât.

Puis on la releva en la menaçant du même supplice si elle ne se pliait pas aux exigences du maître. Courageusement, et plutôt que de sacrifier sa virginité, elle se sauva à travers bois, jusqu'à ce qu'elle eût atteint notre maison.

Nous la cachâmes pendant une semaine et, un autre captif nous étant arrivé ils partirent tous deux, de compagnie, réconfortés par nos secours et munis de provisions.

Ces cruautés ne dépassent-elles pas en horreur tout ce que l'imagination peut concevoir de plus horrible. Honte à jamais sur ces barbares qui, au nom de la civilisation jetaient le sang des noirs à la face de l'humanité.

Combien d'autres anecdotes ne pourrais-je encore vous raconter, si je ne craignais d'assombrir davantage mon récit. Ces actes d'inouïe sauvagerie, presque incroyables, se renouvelaient journellement et se pratiqueraient peut-être encore si l'attitude ferme d'un petit nombre d'hommes qui se dévouèrent à cette cause, n'avait mis un frein à ces actes qui déshonorent la civilisation.

Mon histoire et celle de mon amie furent étroitement liées à cette époque de mon existence. Reprenons cette histoire.

4
Un beau cavalier

Nous continuions notre vie calme, Mais si Miss Dean était toujours pleine d'empressement et d'enthousiasme dans l'accomplissement de son œuvre charitable, je trouvais, quant à moi, cette existence un peu monotone. L'isolement commençait à me peser. J'aurais voulu une compagne avec laquelle j'aurais pu rire et causer gaiement, car Miss Dean, quoique toujours bonne et charmante, était d'un caractère enclin à la mélancolie ; j'eusse souhaité qu'une personne moins triste partageât mes heures de jeune fille.

Ma première bravoure était maintenant tombée, et, parfois, des idées noires me hantaient. L'idée d'être arrêtée, d'avoir les cheveux coupés ras et d'être emprisonnée me terrifiait. Je n'avais pourtant aucune raison de m'alarmer : nous étions bien connues dans les environs, tous les Blancs à qui nous avions affaire étaient très polis avec nous, et aucun d'eux ne soupçonnait que deux femmes seules eussent osé se sacrifier au point de risquer leur liberté en se mettant ainsi hors la loi. Ce cas, d'ailleurs, ne s'était jamais produit.

Chose étrange ! nous étions environnées d'individus sans aveux, et qui, certes, ne se recommandaient pas par leurs scrupules ou leur honnêteté. Aucun d'eux ne possédait l'argent suffisant pour acheter un esclave, et pourtant la traite des noirs n'avait pas de plus ardents défenseurs.

J'avais l'habitude de me promener chaque jour dans la campagne, et je souhaitais ardemment de trouver quelqu'un à qui parler. Enfin mes vœux furent exaucés.

Une après-midi, je marchais lentement, en proie à je ne sais quels pensées tristes, lorsqu'au coin d'une route je me trouvais face à face avec un petit troupeau que précédait un taureau. Celui-ci, en me voyant, baissa la tête, gratta la terre du sabot, et poussa un mugissement féroce. Il est probable que si j'étais restée immobile, l'animal aurait continué sa route ; mais, prise d'une frayeur incompréhensible je me mis à courir de toutes mes forces en poussant un cri de terreur. La bête se mit aussitôt à ma poursuite. J'allais être atteinte et tuée sans nul doute, quand un cavalier, qui se trouvait là et qui avait entendu mes appels, sauta une haie qui nous séparait et, piquant droit à l'animal, le détourna de sa course en le frappant de sa lourde cravache.

C'était un jeune homme ; il mit pied à terre et vint à moi ; j'étais immobile et je tremblais au point que je me serais affaissée, lorsque s'élançant, il me soutint en portant à mes lèvres une gourde pleine d'une liqueur réconfortante.

« Remettez-vous, dit-il, le danger est passé. »

Je le remerciai chaleureusement. C'était un bel homme, grand, très brun, portant une forte moustache ; il pouvait avoir trente-cinq ans. Sa physionomie était très agréable, bien que je ne sais quoi d'énergique en tempérât la douceur.

Il attacha son cheval à un arbre, et s'assoyant auprès de moi, commença à me parler de façon alerte et légère. Je me trouvai vite à mon aise avec lui, si bien que quelques minutes après, je bavardais gaiement, heureuse d'avoir enfin trouvé un compagnon aimable auquel j'étais attachée par la reconnaissance. Il me dit s'appeler Randolph. Célibataire, et possesseur d'une grande plantation peu éloignée de notre maison. Je savais cela déjà et connaissais quelques-uns de ses esclaves, mais je me gardai bien de lui faire cette confidence. En apprenant mon nom, il se mit à sourire :

— J'ai entendu parler de vous et de Miss Dean, dit-il, et j'étais persuadé que mes locataires – car votre maison m'appartient – étaient deux vieilles filles laides et désagréables.

Je ne pus m'empêcher de sourire à mon tour.

— Miss Dean est un peu plus âgée que moi, répondis-je, mais elle n'est ni laide ni désagréable ; elle est au contraire tout à fait charmante. Quant à moi, je suis… son secrétaire.

— Vous pourriez ajouter que vous êtes tout à fait charmante et que vous voyez en moi un homme enchanté d'avoir fait votre connaissance.

Je rougis, mais au fond, j'étais heureuse du compliment. Les jeunes gens avec lesquels je m'étais trouvée à Philadelphie étaient tous des Quakers plutôt austères, et peu habitués au langage doré qui tourne la tête aux femmes.

Le jeune homme continua, toujours sur le ton le plus galant :

— Vous devez trouver la vie bien triste toutes seules ici,

sans voisins. Voulez-vous me permettre d'aller vous rendre visite un jour ou l'autre ? Vous êtes sans doute chez vous le soir ?

J'eus un soubresaut violent. Lui à la maison ! C'était le loup dans la bergerie ; nos pieuses manœuvres seraient vite découvertes !

Avec un calme apparent, je lui répondis qu'il m'était absolument impossible de prendre sur moi d'accéder à son désir ; Miss Dean, il ne devait pas l'ignorer, était une quakeresse et par cela même d'un commerce assez difficile. J'ajoutais qu'elle ne voulait que moi pour la distraire et que des visites – fussent-elles de simple politesse – pourraient la mécontenter. Ce disant, je me levai, voulant à tout prix éviter de nouvelles questions, questions que je prévoyais embarrassantes.

— S'il en est ainsi, répliqua-t-il, je ne m'imposerai pas à Miss Dean, mais me permettez-vous d'insister pour vous revoir ? Voulez-vous que je sois ici, demain, à trois heures ?

Il n'y avait aucun danger à accepter ce rendez-vous ; de plus, si je le lui refusais, il était capable de venir à la maison. J'étais jeune, insouciante, ignorante du danger qui pouvait résulter de telles entrevues. Je promis donc d'être exacte, et lui dis au revoir.

Il pressa un moment ma main, me dit :
— À demain, puis, sautant en selle, il partit au galop.
Je le suivis des yeux, me sentant pleine de reconnaissance pour l'homme qui peut-être m'avait sauvé de la mort. Alors je repris lentement, comme j'étais venue, le chemin de l'habitation, roulant dans ma tête mille projets divers. J'étais heureuse

de cette petite aventure qui, pour un instant, jetait dans la monotonie de ma vie une lueur de gaieté.

Je trouvai Miss Dean occupée à faire chemises pour les Nègres.

« Vous êtes fraîche comme une rose, ce soir me dit-elle, qu'est-ce qui vous a donné ces belles couleurs ? »

Je lui racontai en riant que j'avais été poursuivie par un taureau, mais je me gardai bien de parler du grand danger que j'avais couru, ni de M. Randolph ; mon amie, dont les principes étaient irréductibles à l'égard des hommes, ne m'eût permis de revoir M. Randolph. Puis, j'enlevai mon chapeau et nous nous mîmes à table.

Le lendemain, à l'heure dite, je trouvai Randolph au rendez-vous ; il avait l'air très heureux en me saluant, et me prit les deux mains, me contemplant un instant avec un regard extatique.

Une femme s'aperçoit toujours du charme qu'elle inspire. Aussi était-il difficile que je me méprisse sur les sentiments de M. Randolph. Après quelques mots aimables, il m'offrit son bras et nous allâmes nous asseoir dans un petit coin de verdure au bord d'un lac.

Il me questionna sur ma vie passée et mes espérances. Je lui confiai que j'étais orpheline, et lui donnai des détails sur les fonctions que je remplissais auprès de Miss Dean, sans toutefois lui faire connaître les raisons qui nous engageaient à vivre en Virginie.

Les manières de M. Randolph étaient correctes, et nous restâmes ensemble pendant plus d'une heure sans qu'il se fût permis la moindre privauté. En me quittant, il me fit promettre de revenir trois jours après.

Je fus exacte au rendez-vous, puis, peu à peu, l'habitude vint de nous voir tous les jours. Certes, je ne ressentais pour lui aucun amour véritable, mais je me plaisais en s compagnie. Il avait beaucoup voyagé, connaissait bien l'Europe, et ses récits étaient toujours variés et pleins d'intérêt.

Cependant, je crus m'apercevoir qu'il était cruel et qu'il n'avait sur les femmes qu'une opinion de négrier. Il entendait l'amour au point de vue de la suprématie du maître. C'est tout au plus s'il considérait les femmes blanches un peu supérieures à ses Nègres.

Malgré cela, il me fascinait, je ne pouvais lui refuser un rendez-vous. Toujours très poli avec moi, je m'apercevais néanmoins de la condescendance qu'il me témoignait. Il était immensément riche, faisait partie de l'aristocratie du Sud, et était membre de « P. F. V. » c'est-à-dire appartenait aux premières familles de Virginie, tandis que n'étais que la fille d'un employé de banque mort dans la misère. En un mot il avait l'air de me considérer comme lui étant tout à fait inférieure par la naissance comme par le sexe.

Peut-être cet homme avait-il raison…

5
Tentative infructueuse

Peu à peu, sans m'expliquer pourquoi, je me pris à avoir un peu plus d'affection pour Randolph, et soit que je m'habituasse à ses manières, soit que je lui fusse reconnaissante de n'avoir jamais porté sur moi le dédaigneux jugement qu'il portait sur les femmes en général, je sentais qu'une détente se produisait en mon cœur. Je lui savais gré de sa politesse et de sa galanterie pleine de réserve dont il usait à mon égard. Il me prêtait des livres, des poésies que je dissimulais pour que Miss Dean ne les vit pas, et souvent, étendus sur la mousse, il me lisait d'une voix qu'il savait rendre harmonieuse des passages de Byron ou de Shelley.

Une après-midi, par une chaleur torride, nous étions installés dans notre coin favori à l'ombre des arbres, au bord de l'eau. Il me lisait un poème d'amour avec une voix chaude et si vibrante qu'à chacun des vers passionnés, je sentais des flammes me monter au visage, et, dans ma poitrine, mon cœur battre avec violence.

Une douce langueur me pénétrait toute, et je fermais les yeux comme si j'eusse voulu prolonger par le sommeil le doux rêve que je rêvais.

Il cessa de lire. Tout était calme.

Un oiseau moqueur s'envola en poussant un cri strident ; j'éprouvais un bien-être indicible.

Je sentis soudain son bras se glisser autour de ma taille, et ses lèvres se poser sur les miennes : un frisson me parcourut toute, mais je ne fis aucun mouvement pour me dérober. Le baiser figé sur mes lèvres semblait m'avoir hypnotisée.

Me pressant tendrement contre lui, il couvrit mon visage et mon cou de baisers, murmurant qu'il m'aimait, et me donnant les plus doux noms.

Ah ! s'entendre dire : « Je vous aime ! » comme ces mots sonnent agréablement à l'oreille d'une femme quand elle les entend pour la première fois.

Combien sommes-nous qui résistons au fluide enchanteur qui nous pénètre ?

Cette longue chanson d'amour qu'est notre vie, nous voudrions toujours la vivre, y revenir sans cesse, même quand elle nous a trompée.

Pauvres naïves que nous sommes ! Et combien Randolph avait raison de ne prendre nul ménagement à l'égard de la naïve jeune fille qui se livrait tout entière, imprudemment, presque inconsciemment ; elle ne voyait pas, la pauvre créature, dans l'illusion d'un rêve doré, surgir le mensonge et le désenchantement.

La réalité brutale n'apparaissait pas encore au bord du précipice où sombre la vertu.

Cependant mon immobilité l'enhardit. Je sentis sa main glisser lentement sous mes jupes.

Le charme était rompu ! Je frémis sous l'attouchement infâme de cet homme, et essayai de me dresser pour m'enfuir. Vains efforts ! Il m'avait saisie rudement et me maintenait couchée sur le sol malgré mes prières, malgré mes larmes.

Je tentai un suprême effort. Peine perdue, il se jeta sur moi, me renversa et, hagard, une lueur de folie immonde éclairant ses yeux sombres, il arrachait mes vêtements. Cependant je résistais de toutes mes forces ; j'essayais mes dents sur sa face et mes ongles sur ses yeux. J'étouffais sous le poids de son corps et sentais mes forces décroître. Mais j'étais vigoureuse, et je combattis vaillamment pour la défense de ma virginité. J'appelais à l'aide en poussant en même temps de grands cris que sa main étouffait. La lutte fut longue ; mes membres étaient brisés et comme il continuait à peser de tout son poids sur ma poitrine, je râlais épuisée, haletante, à bout de souffle ; les yeux hagards, en proie à une indicible épouvante, j'étais envahie de dégoût et voyais venir l'instant fatal ou toute résistance serait vaine, lorsque soudain, craignant sans doute qu'attiré par mes cris quelqu'un ne survint, il lâcha prise et se releva. Je me redressai d'un bond, éperdue, sanglotant et sans voix ; je lui crachais au visage. Mes vêtements étaient déchirés et souillés, mes cheveux défaits inondaient mes épaules. J'allais m'enfuir, quand il me saisit par le bras, et me regardant dans les yeux, avec un sourire cruel de négrier, il me dit :

— Petite folle, pourquoi me résistes-tu ?

— Laissez-moi, misérable ! Comment osez-vous me regarder en face après votre action infâme. Vous êtes un lâche, monsieur Randolph ! J'informerai la justice et demanderai votre arrestation.

Il éclata de rire :

— Ma petite fille, dit-il d'un ton hautain et méprisant, vous vous trompez étrangement. Vous ne donnerez, aucune suite à votre projet de dénonciation quand vous aurez entendu ce que je vais vous dire.

Je fis un brusque mouvement pour dégager mon bras de son étreinte, mais il me serra plus fort, et continua :

— Toute lutte est inutile ; j'en ai fini avec vous pour aujourd'hui, et dans un moment vous serez libre ; mais auparavant écoutez-moi. Ne croyez pas que j'ignore ce que vous faites ici avec Miss Dean. Vous dirigez une *station souterraine.* Je m'en étais douté dès le premier jour, et je vous ai surveillées. Pour plusieurs raisons que vous devinerez sans peine, je ne vous ai pas dénoncées, mais vous êtes toutes deux en mon pouvoir, et s'il me plaît de vous envoyer en prison, je n'ai qu'un mot à dire. Comprenez-vous, maintenant !

J'étais épouvantée. Nous étions entièrement à la merci de cet homme ; terrifiée, je ne trouvais rien à lui répondre. Changeant de ton, il continua :

— Mais je n'ai nulle envie de vous dénoncer. Je veux continuer à être votre ami. Je vous aime, et tout à l'heure, quand je vous ai embrassée et que vous vous y êtes prêtée avec tant de complaisance, j'ai cru voir dans votre calme encourageant la défaite de votre vertu. J'ai été brutal, il est vrai ; je vous en demande sincèrement pardon. Mais je veux que vous m'apparteniez. Laissez Miss Dean, et venez vivre avec moi ; vous aurez tout ce qu'une femme peut désirer ; je vous assurerai mille dollars par an, votre vie durant ; de plus, je vous jure de laisser Miss Dean continuer tranquillement son manège et de ne la troubler en quoi que ce soit.

Si j'avais pu prévoir l'avenir, j'aurais accepté cette offre, mais pleine de rage et de honte, je m'écriai :

— Non, misérable lâche, je ne quitterai pas Miss Dean, vous pouvez nous dénoncer si vous le voulez. Je préfère la prison à votre contact. Retirez-vous, partez, misérable ! Votre vue me devient odieuse !

— Très bien, mademoiselle Morton, qu'il soit fait selon vos désirs, mais il est à croire que, lors de notre prochaine rencontre, vous regretterez d'avoir repoussé mes offres.

Puis il pivota sur ses talons et me laissa seule.

6
Après la lutte

À peine eut-il disparu que je remis un peu d'ordre dans ma coiffure et dans mes vêtements ; l'esprit plein encore d'un trouble extrême, je courus vers la maison.

Je pus rentrer heureusement dans ma chambre sans être aperçue de Miss Dean ni de Marthe.

Vivement je me déshabillai ; ma robe était en loques. Le matin, quand je l'avais mise, elle était blanche et immaculée, elle était maintenant toute verte dans le dos. Les cordons de mes jupons étaient brisés et mes dessous en charpie. Mes cuisses étaient marbrées de taches noires et bleues causées par la pression des doigts de la brute, et j'étais horriblement courbaturée.

Mes vêtements remplacés, je me jetai sur le lit, et cachant mon visage dans mon oreiller, je me mis à pleurer abondamment. Je ne pouvais me pardonner d'avoir eu confiance en Randolph.

J'aurais du surtout me méfier de lui, depuis que j'avais surpris le peu de cas qu'il faisait des femmes, et j'étais plus honteuse encore qu'il m'est prise pour une de ces filles qui livrent leur corps au premier venu.

Le souvenir de ses menaces me revint à l'esprit : j'étais

certaine qu'il les mettrait à exécution, et je sentais qu'il était de mon devoir de prévenir Miss Dean ; je n'en eus cependant pas le courage ; il eût fallu lui avouer ma honte, et cet aveu était au-dessus de mes forces.

En imagination, je nous voyais déjà, Miss Dean et moi, vêtues de vêtements grossiers, travaillant du matin au soir avec du pain noir pour toute nourriture.

On frappa tout à coup la porte.

C'était Marthe qui annonçait le dîner. Miss Dean remarqua immédiatement mes traits décomposés, mon trouble, mes yeux rouges, et, très inquiète me demanda ce que j'avais. Je mis le tout sur le compte d'un mal de tête, ce qui était vrai ; l'excellente femme me fit coucher sur le sofa, me baigna la tête avec de l'eau de Cologne et me fit mettre au lit.

Malheureusement, je ne pus dormir ; je rêvai continuellement d'un être formidable qui luttait avec moi, et qui réussissait à me ravir ma virginité.

Je me levai le jour à peine éclos, me demandant anxieusement où nous serions dans vingt-quatre heures, m'attendant absolument à voir se réaliser les menaces de Randolph.

Le jour passa lentement, à chaque instant il me semblait entendre les pas des gens de police, et je surveillai avec angoisse la grande avenue qui conduisait à la maison.

Le soir vint enfin, sans que rien d'extraordinaire se soit passé. Vers neuf heures, un esclave Marron vint nous demander l'hospitalité, et, en soignant la pauvre créature, j'oubliais mes propres peines.

Plusieurs jours passèrent ainsi, en des alternatives de crainte et de quiétude.

Je commençais retrouver un peu d'assurance, mais j'avais grande envie de fuir ; je demandai un jour à Miss Dean si elle ne pensait pas avoir assez fait pour la cause de l'émancipation et si elle ne retournerait pas bientôt chez elle.

Elle ne voulut pas entendre parler d'une semblable chose. Elle se rendait très utile, disait-elle, et, au moins pour quelque temps encore, elle voulait rester dans la station.

Quinze jours passèrent encore, et j'étais tout à fait rassurée. Je pensais que Randolph ne se souvenait plus de son acte de lâcheté.

Je ne l'avais pas revu depuis la fameuse scène à laquelle je ne pouvais penser sans honte. Je devais, hélas ! me retrouver avec lui, dans une circonstance sinon moins terrible que la dernière, du moins très pénible.

7
La loi de Lynch

Une après-midi, Miss Dean et moi étions assises sous la véranda. Mon amie confectionnait des chemises pour les esclaves, tandis que j'arrangeais un chapeau ; ce faisant, je fredonnais une chanson nègre intitulée : *Ramenez-moi vers ma vieille Virginie*. Il était au moins bizarre que je chantasse ces couplets, moi qui, précisément, aurais voulu me voir à mille lieues de ce maudit pays, et qui, certes, n'aurait jamais demandé à y revenir. Tout à coup, nous entendîmes le pas de plusieurs chevaux, mêlé à des voix d'hommes, et en regardant dans l'avenue, je vis, les uns à pied, les autres à cheval, une vingtaine d'individus paraissant se diriger vers la maison. Nous ne savions ce que ces gens pouvaient nous vouloir, aucun Blanc ne se présentant jamais chez nous. Arrivés à notre porte, ils attachèrent leurs chevaux à la grille, et vinrent se placer autour de nous. Leurs regards durs et la façon dont ces hommes nous regardaient me terrifiaient. Ils m'étaient tous inconnus et leurs vêtements grossiers, leurs longues barbes, leurs chemises de coton, trahissaient clairement des coureurs des bois. Je voyais bien que leurs intentions n'étaient rien moins que pacifiques, mais j'ignorais absolument ce qu'ils pouvaient nous vouloir. Enfin, l'un d'eux, un peu mieux vêtu que les autres, et qui pouvait avoir une quarantaine d'années, et que je sus après être un chef de bande, du nom de Jack Stevens, s'approcha de

Miss Dean, et lui dit :

— Allons, levez-vous toutes deux. Mes amis et moi avons quelque chose à vous communiquer.

Soumises, ainsi qu'il convient à des femmes demi-mortes de peur, nous nous levâmes, et Miss Dean, qui s'était ressaisie demanda sans hésitation :

— De quel droit envahissez-vous ma maison aussi brutalement ?

L'homme se prit à rire dédaigneusement :

— Vous n'en savez rien ? ricana-t-il. Eh ! vous m'étonnez car vous êtes loin d'être aussi innocente que vous le paraissez.

Il poussa un énergique juron, et continua :

— Nous avons appris que vous dirigez une station souterraine, et depuis que vous êtes ici, bon nombre d'esclaves se sont évadés par votre entremise. Écoutez bien, et tachez de comprendre : nous autres, Sudistes, ne voulons sous aucun prétexte que les Nordistes anti-esclavagistes viennent fourrer leurs nez dans nos affaires, et s'emploient à prêcher la révolte parmi nos esclaves. Quand nous avons la chance d'attraper quelqu'un de vos semblables, nous lui faisons amèrement regretter de s'être occupé des Nègres, et maintenant que nous vous tenons, nous allons vous juger, selon la loi de Lynch. Les hommes qui m'accompagnent constitueront le Jury.

— Eh bien, les amis, dit Stevens se tournant vers ses compagnons, est-ce ainsi qu'il fallait parler ?

— Bravo, bravo, Jack, très bien ! approuvèrent quelques-uns.

Je tombai sur ma chaise absolument anéantie. J'avais entendu raconter mille cruautés perpétrées sous l'égide de la loi de Lynch.

Miss Dean était toujours très calme :

— Si vous avez quelque chose à nous reprocher, dit-elle, vous n'avez dans aucun cas le droit de faire justice vous-mêmes ; vous devez prévenir la police et les autorités de votre État.

Un murmure de voix furieuses interrompit mon amie :

— Nous avons le droit d'agir comme bon nous semble. La loi de Lynch est faite pour vous et vos pareils ; taisez-vous ! Allons, Jack, assez causé, et au travail !

— C'est bien, mes enfants, il nous importait de trouver les oiseaux au nid ; maintenant, sortons un instant afin de statuer sur le sort des prisonnières ; nous savons qu'elles sont coupables et le seul point à fixer est le châtiment quelles auront à subir.

Nous restâmes seules et les hommes, dehors, s'entretinrent avec animation. Malheureusement, ils étaient trop éloignés pour que nous pussions saisir leurs paroles. J'étais affaissée sur ma chaise, absolument morte de peur :

— Oh ! Miss Dean, que vont-ils nous faire !

— Je n'en sais rien, ma chérie, répondit-elle en me prenant la main ; pour moi, je ne m'en inquiète guère, mais je suis terriblement désolée de vous avoir entraînée dans ce guêpier.

Je restai près de mon amie… elle me serrait les mains, les caressant affectueusement. Les lyncheurs revinrent enfin ; ils avaient discuté avec animation, ayant eu, semblait-il, beaucoup de peine à se mettre d'accord.

Enfin, Stevens s'avança vers nous d'un air à la fois solennel et grotesque.

— La cour, dit-il avec emphase, a statué sur votre cas et voici ce qu'elle a décidé : Vous êtes condamnées toutes deux à être fouettées avec une baguette de coudrier. Vous serez ensuite mises à cheval sur le coupant d'une palissade, et ensuite il vous sera enjoint d'avoir à quitter l'État de Virginie dans les quarante-huit heures. Ce laps de temps passé, si on vous retrouve ici, vous aurez de nouveau affaire à nous.

En entendant cette horrible sentence, mon sang se glaça dans mes veines. Je voulus me lever ; mes jambes me refusèrent tout service, et je retombai sur mon siège.

— Oh ! vous ne nous fouetterez pas, m'écriai-je ; certainement vous ne voulez pas nous torturer ainsi ! Ayez pitié de nous, je vous en prie… ayez pitié de nous.

Mais il n'y avait pas la moindre trace de sensiblerie sur la figure de ces brutes, et l'un d'eux s'écria :

— Misérable petite Nordiste, si j'étais libre de mes actions, je vous enduirais de goudron et de plumes et je vous mettrais à cheval sur la palissade pendant deux heures. On verrait la tête que vous y feriez.

Cette grossière plaisanterie les fit éclater de rire et je retombai sur ma chaise en sanglotant encore plus fort.

Miss Dean, elle, ne donnait pas le moindre signe d'émotion ; elle était extrêmement pâle, mais ses yeux brillaient d'une lueur étrange et dit en s'adressant au chef de la bande :

— J'avais toujours entendu dire, et j'étais persuadée que les Sudistes étaient chevaleresques et cléments envers les femmes, je regrette de m'être trompée.

— Il n'y a pas ici à être chevaleresque : vous agissez comme des hommes ; ne vous en prenez qu'à vous mêmes si nous vous traitons en hommes.

— C'est bien. Il faut que vous sachiez tous ici que je suis la seule coupable. Cette jeune fille, qui est mon secrétaire, n'est pour rien en tout ceci. Vous devez donc l'acquitter.

— Jamais ! réclamèrent quelques voix.

— Taisez-vous, s'écria Stevens, et laissez-moi parler.

Et se tournant vers nous, il ajouta :

— Nous savons parfaitement que vous êtes la directrice de ce bureau de soi-disant bienfaisance ; mais comme cette fille vous aidait dans cette besogne, elle doit être punie ; cependant, elle sera fouettée moins sévèrement que vous… Est-ce juste, amis, demanda-t-il à ses féroces acolytes.

— Parfaitement, parfaitement, soyons moins sévères envers l'enfant que vis-à-vis du vieux chimpanzé.

L'un d'eux s'écria :

— Mais où donc est la servante. N'aurait-elle pas besoin d'une petite correction ? Une petite promenade sur le grillage ne pourrait, il me semble, que lui être salutaire.

— Évidemment, approuva le chef. Que deux d'entre vous courent à sa recherche, et que les autres s'occupent de trouver des baguettes.

Les hommes s'assirent en attendant ; ils plaisantaient grossièrement et, à chacune de leurs remarques, le rouge me montait au visage. Miss Dean, toujours calme et tranquille, ne paraissait pas entendre les ignominies de ces sauvages. Ceux qui étaient partis à la recherche de Marthe revinrent au bout d'un instant :

— La *souillon* est partie, dirent-ils ; elle s'est sans doute défilée dans les bois.

— Bah ! dit Stevens, nous avons les deux patronnes, et il est probable que lorsque nous en aurons fini avec elles, elles regretteront amèrement de s'être occupées d'abolitionnisme.

— Vous avez raison, Jack, crièrent les hommes ; nous leur ferons maudire le jour où elles se sont installées en Virginie… Et maintenant, à l'ouvrage.

— À l'ouvrage, répliqua Stevens. Bill, allez chercher l'échelle qui est sous le hangar ; Peter et Sam, vos baguettes sont-elles prêtes ? Ah ! ah ! ces dames ont sans doute souvent été cueillir et croquer la noisette, mais je doute qu'elles aient jamais reçu des coups de baguette d'hickory sur leur petit derrière.

Les hommes riaient bruyamment, et je recommençais à trembler.

Quand donc ce supplice allait-il prendre fin ?

8
L'exécution d'une sentence

L'échelle apportée fut appuyée contre la véranda. Stevens se plaça de côté tenant une badine à la main. Les hommes formèrent le cercle et leur chef s'écria d'une voix forte :

— Amenez les prisonnières !

On nous traîna en nous poussant par les épaules pour recevoir cette cruelle et ignoble punition. Je me tenais debout avec peine ; Miss Dean marchait au martyre droite et fière. Un sourire de dédaigneux mépris errait sur ses lèvres pâles.

Stevens prit la parole :

— Comme c'est vous la patronne, vous aurez l'honneur d'être fouettée la première. Attachez-la, mes amis.

Deux hommes la saisirent, la couchèrent sur l'échelle et lui faisant de force étendre les bras, lui attachèrent les poignets aux barreaux, puis firent de même pour les chevilles. La malheureuse n'opposait qu'une résistance instinctive, elle ne fit entendre aucune protestation, mais lorsqu'elle fut bien attachée, elle tourna la tête vers Stevens :

— Ne pourriez-vous pas me fouetter sans enlever mes vêtements ? demanda-t-elle ingénument.

— Impossible, la belle ; on vous a condamnée à être fouettée sur la peau, et vous subirez le châtiment ainsi que c'est convenu.

Ses jupons et sa chemise furent relevés et attachés au-dessus de sa taille ; Miss Dean ne portait pas le pantalon ordinaire, mais une longue paire de culottes blanches attachées par des rubans autour des chevilles.

À cette vue, ce fut une explosion de joie et de rires ironiques.

— Le diable m'emporte, s'écria Stevens, profondément étonné. Elle a des pantalons ! je n'avais jamais vu une femme ainsi attifée. Enfin, enlevez-moi ça !

— Je vous en prie, supplia Miss Dean, laissez-moi mon vêtement. Il ne me protégera pas beaucoup contre vos coups… Ne me mettez pas nue devant tous !…

On ne lui répondit même pas. Un des hommes s'avança et déboutonna le vêtement, la laissant nue et toute frissonnante de la taille aux jarrets. La pauvre femme rougit, puis pâlit affreusement ; enfin elle baissa la tête sur sa poitrine et ferma les yeux… Comme je vous l'ai déjà dit, Miss Dean était très maigre ; ses hanches étaient étroites, ses jambes et ses cuisses sveltes, mais bien modelées. Sa peau, très fine et très blanche, laissait apparaître le réseau des veines.

Les hommes, groupés autour de l'échelle, observaient cyniquement cette scène, leurs yeux reflétant de lueurs lubriques.

Stevens leva alors la baguette, la fit siffler autour de la tête et la laissa retomber rapidement, frappant d'un premier coup terrible le corps de la malheureuse. Le bois claqua comme un fouet, et la chair frissonna sous l'aiguillon de la douleur.

Miss Dean n'avait pas fait un mouvement.

Stevens continua de frapper ; chaque coup tombait au-dessous du précédent, et la peau était maintenant toute zébrée. Le corps de la suppliciée s'agitait en soubresauts convulsifs : ses dents claquaient. La terrible baguette continuait son horrible office. J'aurais voulu crier, j'étais stupéfaite du courage de mon amie. Chaque coup me faisait bondir ; les raies rouges se multipliaient. Le sang commençait à sourdre et à couler le long de ses cuisses ; elle tournait la tête chaque fois, ses yeux horrifiés suivaient le bras de l'homme. Enfin la brute cessa de frapper et jeta la baguette dont le bout était tout déchiqueté. Puis, se baissant, il examina attentivement les marques le la correction.

La surface entière de la peau était rouge et barrée de marques livides qui s'entrecroisaient en tous sens ; le sang coulait abondamment et contrastait avec la blancheur immaculée des cuisses.

Cinquante coups au moins avaient été donnés.

« Là ! dit Stevens, je suppose qu'elle en a assez. Je l'ai peu ménagée comme vous pouvez vous en rendre compte. Il est probable qu'elle ne pourra s'asseoir aisément de quelques jours, et je doute fort que les marques disparaissent jamais. »

Les vêtements de la victime furent alors baissés, ses pieds et ses mains déliés. Elle restait debout se tordant en proie à la plus affreuse douleur, et apparemment indifférente à tout ce qui l'entourait ; elle sanglotait et d'abondantes larmes s'échappaient de ses yeux voilés par la terreur.

Un peu remise, elle releva son pantalon qui traînait à terre, et, toute rougissante du regard des hommes, encore fixé sur elle, elle le rattacha péniblement autour de sa taille. Deux des bourreaux, la saisissant sous les bras, la conduisirent à la véranda, où elle s'étendit de tout son long sur un canapé, incapable du moindre mouvement.

Je vous laisse à penser l'état d'épouvante en lequel j'étais. Les paroles brutales de ces hommes me faisaient rougir ; je me sentais prise de fureurs soudaines contre ces barbares et, aussi, prête à leur adresser toutes les supplications. J'étais envahie de pitié pour ma malheureuse compagne et terrifiée par la perspective du châtiment qui m'était réservé. Je n'ai jamais pu supporter la moindre douleur physique.

Stevens ramassa la baguette neuve, et, s'adressant à ses hommes :

— Maintenant, dit-il, nous allons opérer sur ce tendron ; amenez-la, mes amis.

À ces mots, voyant qu'il n'y avait personne derrière moi, je résolus de fuir, et pris mes jambes à mon cou. J'aurais mieux fait de rester tranquille, je n'avais pas fait trois mètres qu'une main me saisissait au cou et, avec la rapidité de l'éclair, je me trouvais solidement attachée à l'échelle.

Stevens me déshabilla lui-même lentement. Mes jupes et ma chemise furent roulées sous mes bras et quand il arriva au pantalon, il s'arrêta. Je portais le pantalon ordinaire, très large de jambe et fendu au milieu.

— Regardez, dit-il, elle a aussi des pantalons, mais ils sont faits autrement et recouverts de dentelles.

Puis, sur une remarque fort grossière à propos de la fente, les hommes s'esclaffèrent tandis que je pleurais à chaudes larmes.

Il fit tomber mon dernier vêtement et je sentis sur ma chair nue le frôlement caressant de la brise.

J'étais anéantie par la honte. Je sentais peser sur moi le regard et une indicible angoisse me poignait à la gorge ; ce n'était là, hélas, que le préambule de l'horrible supplice auquel j'allais être soumise.

Stevens prit la parole de nouveau :

— Nous allons sans plus tarder procéder à l'exécution. Je propose de lui infliger douze coups bien cinglés sans cependant faire sortir le sang. Souvenez-vous qu'elle n'a joué dans cette affaire qu'un rôle de comparse.

Tous, cependant, n'étaient pas du même avis ; quelques-uns réclamaient pour moi un châtiment équivalent à celui enduré par ma maîtresse.

Dans mon malheur, ce me fut un soulagement d'apprendre que je n'aurais pas à subir un traitement aussi cruel que Miss Dean. Un des hommes cria au tortionnaire :

— Faites attention, et tapez dur, Jack ; faites-la un peu sauter.

Le lâche, j'eusse voulu savoir ce lâche tortionnaire, tourmenteur de femmes, en proie aux flammes infernales.

— N'ayez nulle crainte, mon garçon, répondit Stevens, je sais comment on se sert d'une baguette ; elle va recevoir douze coups qui vont transformer son derrière en drapeau américain rayé rouge et blanc. Lorsqu'elle sortira de mes mains, elle ne demandera pas son reste, et sera plutôt gênée pour marcher. Pourtant, je n'en ferai pas sortir une goutte de gang ; je vous le répète, je sais ce que c'est que de fouetter ; j'ai été majordome durant cinq années en Géorgie.

Pendant tout ce discours, j'étais restée honteuse de ma nudité, et, machinalement, je me serrais aussi fort que possible contre l'échelle.

Le premier coup tomba enfin ; ce fut horrible ; la douleur était encore plus atroce que je ne me l'étais imaginée. La respiration me manqua, et, pendant quelques secondes, je restai suffoquée. Alors, je me mis littéralement à hurler. Il continua de frapper lentement, plaçant chaque coup au-dessous du précédent et la baguette, en retombant, me donnait la sensation d'un fer rouge appliqué sur mes chairs.

Je me tordais de plus en plus, criant de toutes mes forces, faisant des bonds désordonnés, autant que mes liens me le permettaient, tout en suppliant le bourreau de cesser. J'avais oublié mon état de nudité, et la seule sensation que j'éprouvais était une douleur plus cuisante que si elle eût été provoquée par des brûlures.

Quand les douze coups m'eurent été donnés, j'étais à demi évanouie.

On me laissa suspendue par les poignets, et les hommes m'entourant, se mirent à m'examiner. Le sentiment de la pudeur me revint peu à peu, et je suppliai ces cruels justiciers de me laisser prendre un vêtement.

Ils restèrent sourds à ma prière, occupés qu'ils étaient d'écouter la péroraison de Stevens.

« Voyez, mes amis, disait celui-ci, avec quelle régularité les coups ont été frappés. Voilà ce qu'on appelle une bonne correction. Mais cette fille n'a aucune énergie. La première noiraude venue aurait supporté le double de coups sans se plaindre. Parlez-moi de sa compagne, voilà au moins une femme courageuse. »

Puis, me remettant mes effets, il me conduisit à la véranda où Miss Dean, toujours étendue sur le canapé, pleurait doucement de honte et de douleur…

9
Jack Stevens

La conduite de ces batteurs d'estrade à l'égard de deux femmes dont l'une était jeune, belle et, en tous points désirable, peut paraître singulière. Comment leur nature brutale ne fut-elle pas surexcitée par le capiteux spectacle de ma resplendissante nudité ?

Ce n'est pas qu'à la perspective angoissante de la torture je préférasse l'ignominie qui devait résulter de la défaite de ma vertu, mais, au plus profond de moi, j'espérais néanmoins que la vue de mes jeunes charmes, avivant les instincts de concupiscence de ces brutes, serait un prétexte à querelle.

Quoique naïve encore, malgré la leçon que m'avaient donnée les infâmes entreprises de Randolph, je savais que l'exhibition de mon corps pouvait réveiller les ignobles appétits de ces hommes grossiers et frustes ; j'espérais, dis-je, qu'ils se seraient disputés ma possession, et qu'à la faveur d'une rixe j'aurais pu m'enfuir.

Hélas ! je ne savais pas qu'ils fussent les suppôts de Randolph lui-même, et payés largement par celui-ci pour l'exécution d'un ordre barbare.

Chez ces hommes, la cupidité, cette fois, avait parlé plus haut que l'instinct bestial.

Du reste, les coureurs des bois n'agissaient pas toujours ainsi quand l'appât du gain ne commandait pas à leurs actions, et ce même Stevens échappa longtemps aux recherches de la justice pour un crime d'assassinat précédé de viol, perpétré en des circonstances particulièrement atroces.

Le récit du crime monstrueux me fut fait, plus tard, par une vieille mulâtresse, esclave de Randolph père, laquelle l'avait elle-même entendu raconter par le menu des détails.

Je crois devoir placer digressivement ici le récit de cette femme :

Malgré le surmenage dont étaient accablés les esclaves, malgré le surcroît de travail exigé de chacune d'elles, Randolph père n'arrivait pas à satisfaire aux demandes des marchands de coton ; aussi était-il urgent que son troupeau humain augmentât en nombre.

Le planteur acheta donc sur le marché de Richmond trois noirs parmi lesquels était une mulâtresse d'une trentaine d'années nommée Maria de Granier.

(En certaines parties de l'Amérique du Sud, les esclaves nés dans la plantation, avaient leur prénom suivi du nom de leur maître.)

Cette femme qui, autrefois, avait été très jolie, se trouvait, au moment de son exposition au marché, dans un état lamentable : prise sous un éboulement alors qu'elle se livrait à des travaux de terrassement, elle en fut tirée à demi morte et pour toujours infirme, incapable d'exécuter désormais les rudes travaux auxquels elle avait été soumise.

Maria de Granier, marchandise avariée, fut cédée à bas prix. Mais ce qui engagea Randolph père à faire cette acquisition, c'est que, malgré son terrible accident, l'esclave allait bientôt être mère. Il comptait sans doute que la jeune infirme pourrait suffire à de menus travaux et que l'enfant dont elle était enceinte augmenterait le nombre de ses esclaves et lui rendrait un jour quelques services.

Pour abominable qu'il fût, ce calcul n'en était pas moins exact.

La mulâtresse grosse des œuvres d'un Blanc, donna le jour à une ravissante petite fille qu'elle appela Rosa. Et, pendant quatorze ans, l'enfant grandit, entourée de soins par les femmes qui, afin de cacher ses fautes enfantines, risquaient souvent d'être fouaillées ; adorée des pauvres noirs qui enduraient stoïquement la bastonnade quand le majordome les surprenait aidant l'enfant dans son travail.

Cependant Rosa était devenue une ravissante créature aux traits fins et réguliers, aux dents blanches, aux longs yeux noirs ; des formes incomparables se révélaient déjà sous son ignominieux vêtement d'esclave, et ses bras nus à la peau veloutée, apparaissaient à peine teintés de ce bistre qui décèle le sang mêlé.

La vue de Rosa avait inspiré à Georges Randolph qui, à cette époque, venait d'avoir dix-huit ans, une passion violente.

Il la poursuivait de ses prévenantes assiduités et n'attendait qu'une occasion propice pour faire subir à cette enfant le sort qui attendait toutes les jeunes esclaves.

Mais, par une sorte de prescience du danger dont elle se sentait menacée, Rosa, qui s'était aperçue de la nature des sentiments de Georges, fuyait l'occasion, aussi n'acceptait-elle les gâteries et le caresses du jeune homme qu'en la présence des noirs, devant lesquels, malgré l'impunité dont il se savait couvert, le jeune homme n'eut point osé perpétrer un attentat.

Enfin, un jour que Rosa, seule, portait un faix de coton dans un hangar servant de magasin et bâti à la lisière d'un bois, Georges, en l'absence du majordome qu'il avait éloigné sous un prétexte spécieux, se jeta sur l'enfant, la couvrit de baisers et, dans un violent accès d'érotisme, lui commanda de se coucher.

Rosa, se dégageant adroitement de l'étreinte, n'obtempéra point à l'ordre et s'enfuit dans la forêt où Randolph furieux la poursuivit longtemps.

L'enfant avait franchi des haies, des futaies, des halliers, et pris, en courant, des sentiers qui lui étalant inconnus ; tant et si bien qu'épuisée, haletante, elle se laissa tomber au milieu d'une sente où, morte de fatigue, elle s'endormit…

La nuit tombait. Bientôt, les fanes mortes et les branches sèches qui jonchaient le sentier crièrent sous les pas d'une troupe d'hommes. Ce bruit, succédant tout à coup au calme profond de la forêt, réveilla l'enfant. Elle se souvint et elle eut peur. Mais rassurée à la pensée que ce bruit de pas pouvait provenir de la marche de noirs qui la cherchaient dans la forêt, elle se dressa et appela. Au même instant elle sentit sur sa peau nue la fraîche caresse des brises courant sous les bois.

Dans sa fuite folle ses vêtements s'étaient défaits ; ils étaient tombés un à un et, maintenant, elle se sentait honteuse d'être nue. Il lui semblait que l'ombre avait des curiosités malsaines.

L'enfant avait appelé. Des voix d'hommes lui répondirent. Étaient-ce les noirs ?

Non ! C'était Stevens escorté de deux compagnons portant guêtre de cuir aux jambes et carabine à l'épaule.

— Par les tripes du Shérif ! dit-il en apercevant l'enfant, voilà une créature qui n'a pas peur des refroidissements.

Et s'approchant :

— Par la mort bleue ! Elle est digne d'être hospitalisée, de force ou de gré, en la somptueuse demeure de Jack Stevens… Le diable que nous adorons a eu, sans doute, pitié de notre continence forcée ; c'est pourquoi il nous offre aujourd'hui un morceau de choix.

Rosa comprit l'effroyable signification de ces paroles. Elle fit un mouvement de retraite.

Stevens épaula sa carabine :

— Halte, la belle ! cria-t-il. Bien que myope le jour, je suis nyctalope la nuit, et sais diriger sur le but un lingot de plomb. Allons ! pas tant de façons et suis-nous.

Cernée maintenant par les trois hommes, l'enfant sentit

que toute résistance devenait impossible. Rouge de confusion, angoissée de terreur, elle joignit les mains :

— Soyez bons, messieurs, soyez cléments… ayez pitié ! Je ne suis qu'une enfant… Une pauvre petite esclave qui n'a pas encore quinze ans !…

Les yeux des trois hommes étincelèrent :

— Pas quinze ans ! s'exclama Stevens dont l'autorité paraissait régler les actions et les paroles de ses compagnons. Pas quinze ans ! Mais alors, c'est une friandise… un fruit mûr a point, dans lequel personne n'a encore mis les dents !… Par nombril de Jacob ! Vous y goûterez, camarades… après moi !

Tout espoir s'évanouissait, mais le courage revenait à l'enfant :

— Eh bien ! dit-elle, tuez-moi ! Je ne vous suivrai pas !

Et Rosa, croisant sur sa poitrine ses mains tremblantes, s'accroupit dans l'herbe froide que mouillait la rosée des nuits.

10
Abominable forfait

Entre les rudes mains des batteurs d'estrade, Rosa s'était inutilement débattue, en vain avait-elle de nouveau supplié, imploré. Ils l'avaient immobilisée au moyen d'un lasso, emportée à travers bois et, comme ses supplications et ses prières étaient inutiles elle avait pris le parti de pousser des cris, espérant ainsi être entendue.

Certes, elle n'ignorait pas la nature de la correction qui l'attendait à la plantation pour prix son escapade, mais, quoique n'ayant encore jamais été fouettée, elle préférait néanmoins ce supplice qu'elle savait pourtant cruel au sort que lui réservaient les bandits.

Ceux-ci, inquiets, bien qu'ils fissent diligence afin de se soustraire eux-mêmes aux recherches dont Rosa devait être en ce moment l'objet, inquiets des cris de l'enfant qui pouvaient attirer les noirs de leur côté, résolurent de la bâillonner.

Stevens tira de son sac de cuir un lambeau de cotonnade et en fit un tampon qu'il enfonça profondément dans la bouche de sa victime.

Et c'est ainsi que le groupe des ravisseurs arriva dans la hutte de Jack Stevens.

C'était une cabane en planches, toiturée de branches entrelacées tombant jusqu'au sol et dont les fissures étaient bouchées par de lourdes mottes de gazon ; cachée en d'épaisses frondaisons, tapie an milieu d'arbres croissant sur le roc, cette hutte était d'aspect sinistre. Il n'y avait que Jack Stevens et ses deux compagnons qui connussent l'existence de ce repaire. C'est là, qu'après de lointaines expéditions, ils venaient cacher le produit de leurs brigandages.

Stevens, qui portait l'enfant, la déposa doucement sur le lit et enleva le bâillon qui l'étouffait. Puis, un de ce hommes tira de sa veste en peau de buffle un briquet d'acier et alluma une chénovotte, tandis que son camarade préparait le quinquet.

Une lueur fauve éclaira la cabane et les provisions sorties des sacs, furent placées sur une large planche posée au ras du sol.

— Ce n'est peut-être pas d'une extrême élégance, dit Stevens, qui, depuis que la lampe était allumée, brûlait de regards le corps de Rosa, mais c'est tout de même commode ; on est chez soi ! James, ajouta-t-il en clignant de l'œil, il est indispensable d'assaisonner avec force gingembre et piment notre tranche de venaison ; quant à toi Pèpe, dit-il en s'adressant à l'autre, tu rempliras d'hydromel les gobelets.

Quand la table fut mise, Stevens dit à l'enfant :

— Si le cœur vous en dit, mademoiselle, il y en aura assez pour vous.

Rosa ne répondit rien. Des sanglots étouffés lui poignaient la gorge. Elle avait trouvé une vieille veste de cuir dont elle cherchait à se couvrir. Stevens s'en aperçut.

— Bas le masque ! cria-t-il. Cette parure pour somptueuse qu'elle soit, est indigne de votre beauté !

Il se leva, lui arracha l'oripeau dont elle couvrait éperdument ses soins et revint s'asseoir en ricanant.

Tant que dura le repas, celui que Stevens avait appelé James ne quitta pas des yeux le corps merveilleux de Rosa. Son regard paraissait détailler complaisamment des charmes dont la possession lui était assurée et si, parfois, ce regard se portait sur son chef, c'était chargé de jalousie et d'envie. La douleur seyait, d'ailleurs, la beauté de l'enfant et on eût dit que la hutte était chaude de son corps, parfumée du capiteux relent de sa virginité éplorée.

L'homme qu'on appelait Pèpe, buvait gobelet sur gobelet. À la fin du repas, le cerveau envahi par les épaisses fumées de l'ivresse, il alla s'étendre sur un lit de feuilles et s'endormit à demi, sans toutefois rien perdre de la scène qui allait se passer.

Les propos échangés entre Stevens et James furent banaux quand ils ne furent pas grossiers. Chacun d'eux avait visiblement une même préoccupation. L'un et l'autre se devinaient.

Mais Stevens, maître absolu, avait su courber James sous une discipline à laquelle il eût été dangereux de résister et, souvent, il arrivait qu'après une expédition, Stevens gardait pour lui seul le butin, laissant ainsi à ses deux compagnons la consolation de se partager la gloire.

— Tu n'aurais peut-être pas le toupet de vouloir *commencer* ? dit enfin Stevens.

— Qui sait ! répondit, tranquillement James en caressant le manche de sa redoutable navaja. La fille m'appartient comme à toi et, équitablement, c'est-à-dire pour la première fois, il pourrait se faire que nous partagions la capture. Si nous tirions au sort à qui commencera ?

— J'ai gagné d'avance, répondit Stevens, qui, se dressant sur les genoux, mit sous le nez de James un revolver de gros calibre. Jette-moi ça ou je tire !

James sortit hâtivement la navaja de sa ceinture et la lança dans la hutte. Stevens alla ramasser l'arme et la mit dans la poche de sa veste :

— Maintenant, dit-il, le mariage va s'accomplir avec toutes les formalités en usage dans le pays de cet ivrogne de Pèpe, qui prétend être catholique. Toi, James, tu seras à la fois mon témoin et celui de la mariée ; et si Pèpe n'était pas présentement ivre comme un porc, il nous dirait la messe avec distribution de bénédiction nuptiale. Je ne demande qu'une heure, après quoi je me démettrai de mes fonctions d'époux en ta faveur, James ! Être trompé par sa femme une heure après son mariage, il n'y a qu'ici qu'on voit ces choses-là !

Un gros rire dont chaque éclat secouait Rosa d'un frisson d'épouvante, éclairait la face bestiale de Stevens.

Puis, il s'avança vers l'enfant qui sanglotait et, sans dire un mot, la face horriblement congestionnée par la luxure, il la couvrait de baisers. Rosa sentait sourdre sous sa peau délicate le sang chaud dont les afflux lui montaient au cerveau, son cœur se brisait sous les immondes caresses de la brute ; elle sentait sur ses lèvres passer le souffle bruyant du monstre, et, entre les assauts répétés qui la faisaient mourir, elle éprouvait une horrible sensation : il lui semblait qu'une bête énorme l'enlaçait et posait sur ses seins des tentacules tièdes et visqueuses.

Les sens surchauffés par cet ignoble spectacle, James, écumant, les yeux flamboyants, attendait la fin, il attendait… son tour.

Stevens n'en finissait pas !

Tout à coup, la claie qui fermait la cabane s'ouvrit bruyamment et une bande de noirs, mis sur la trace de Rosa par les vêtements qu'elle avait perdus en s'enfuyant, envahit le repaire.

En présence du danger, les deux bandits se ressaisir, ils bousculèrent les Nègres, prirent leurs fusils et, comme la porte était gardée, Stevens, d'un coup d'épaule, fit sauter une des planches qui formaient le mur de la hutte ; puis, par cette ouverture, il s'enfuit avec James.

Quand le majordome s'approcha de Rosa, celle-ci ne fit pas un mouvement.

Alors cet homme prit le fouet avec lequel il fustigeait les esclaves et la lanière redoutée frappa le corps de l'enfant qui resta immobile. Rosa était morte.

On resta longtemps sans nouvelles des coureurs des bois. Pèpe, l'ivrogne, eut seul à répondre du crime devant la justice, mais comme il n'avait joué dans le drame qu'un rôle secondaire, il fut acquitté. Plus tard, on apprit que James avait été tué à

Richmond au cours d'une rixe. Quant à Stevens, personne ne connut jamais les circonstances à la suite desquelles il obtint l'impunité ; on ne sut jamais pourquoi il rentra dans les bonnes grâces de Randolph.

11
Les suites d'une flagellation

Je reprends ma confession :

Mon supplice terminé, Miss Dean m'avait appelée auprès d'elle.

Ma pauvre enfant, dit-elle, comme j'ai souffert pour vous !… Vos cris me perçaient le cœur. Oh ! les monstres de vous avoir si cruellement fouettée.

Elle paraissait avoir oublié sa propre peine et l'ignominie de son châtiment pour ne plus penser qu'à moi.

— Ils m'ont fouettée bien moins cruellement que vous, répondis-je ; je n'ai revu que douze coups, et le sang n'a pas coulé.

Je l'embrassai et je m'appuyai doucement contre elle.

— Nous n'avons pas encore fini de souffrir, reprit Miss Dean. Vous souvenez-vous que cet homme a dit qu'il nous attacherait sur la balustrade pendant deux heures ?

Je me souvins alors de la menace, mais sans y attacher grande importance ; certes, ce serait peu confortable et probablement même fort douloureux d'être ainsi assise pendant aussi longtemps, sur un espace très étroit et dans l'état où nous sommes, pensais-je ; mais j'étais loin de m'attendre à la torture que nous allions éprouver.

Mon illusion ne fut pas de longue durée, car quelques instants après nos bourreaux vinrent nous chercher, et nous portèrent sur la palissade entourant la maison. Cette barrière, haute d'environ cinq pieds, était faite de piquets de bois taillés en coins. Stevens nous dit avec un sourire cruel :

« Nous allons maintenant passer à un autre genre d'exercice. Deux heures de repos, avec ces piquets comme sièges, donneront à vos personnes le temps de se remettre de leurs fouettées. D'ailleurs, pour vous empêcher de tomber, nous vous attacherons. Préparez-les, vous autres. »

Je fus épouvantée en me sentant saisir par deux hommes tandis qu'un troisième me relevait mes jupes et m'arrachait mon pantalon. Miss Dean subissait le même sort. Nos vêtements étaient attachés de telle sorte que le bas de notre corps était exposé nu aux regards de ces misérables.

Ils se mirent à plaisanter, se questionnant l'un l'autre sur notre virginité probable, faisant des comparaisons entre nos deux corps, et devisant sur notre aspect général.

Une longue corde fixa solidement nos bras le long de notre corps, puis ils nous soulevèrent et nous fûmes placées à *califourchon*, face à face, sur le haut de la barrière. Nous reposions sur l'extrémité des pointes de cette balustrade. De chaque côté des piquets avaient été plantés, où furent solidement attachées nos chevilles, puis nos jupes furent baissées.

Stevens nous regarda alors en souriant d'un air narquois.

« Maintenant que vous êtes bien on selle, nous allons vous quitter ; dans deux heures, un de nos amis viendra vous aider à mettre pied à terre. Il est très probable que vous serez fort endolories, et aurez renoncé à jamais à vos théories anti-esclavagistes. »

Puis tous s'éloignèrent en riant avec des plaisanteries si horribles que malgré nos souffrances nous en rougissions encore.

La nuit tombait. Le soleil avait disparu lentement à l'horizon. Un profond silence régnait. La douleur, légère quand on nous avait assises sur les piquets, commençait à devenir intolérable. Tout d'abord, j'avais espéré que Marthe viendrait nous délivrer. Ce fut en vain. Notre maison était trop isolée pour conserver un seul instant l'espoir d'être délivrées par un passant.

Nous ne parlions pas, nos souffrances étant trop cuisantes ; de violents sanglots nous secouaient, ajoutant aux souffrances endurées par cette position affreuse.

La douleur devint si aiguë qu'il me sembla que tous mes nerfs allaient éclater. Je me tordais convulsivement sans autre résultat que de faire pénétrer les piquets plus avant. Folle de douleur, je me mi à crier et même à jurer. Miss Dean pleurait silencieusement ; sa figure convulsée révélait seule l'intensité de sa souffrance, mais aucun cri ne sortait de ses lèvres. Je commençais à désespérer quand, oh ! bonheur, je vis un homme pénétrer dans l'avenue. Mon cour bondit de joie… nous allions être délivrées !… Je redoublai mes cris, suppliait l'homme d'accourir à notre aide, mais il n'avait pas l'air de s'en émouvoir. Enfin, il approcha et ne fut bientôt qu'à quelques pas de nous.

Je reconnus Randolph…

12
L'enlèvement

S'il était un être que je craignais de rencontrer, c'était bien Randolph ! Mais à ce moment terriblement critique, je ne vous cacherai pas que j'étais heureuse de le revoir. Je l'implorai d'une voix entrecoupée de pleurs.

— Descendez-moi, oh ! sauvez-moi ?

Il s'approcha, un sourire moqueur aux lèvres.

— Oh ! Randolph, je vous en supplie, délivrez-nous, vite, vite !...

Il resta impassible.

— Eh bien, Miss Ruth Dean, et vous, Miss Dolly Morton, vous voyez ce qu'il en coûte de secourir et protéger les esclaves évadés ; et n'avez-vous pas deviné que c'est grâce à mes indications que ce supplice vous a été infligé. J'ai fait connaître vos agissements aux lyncheurs, et ils vous ont punies de la bonne façon. Je vous avais dit, Dolly, que nous nous reverrions. Invisible j'ai assisté à votre jugement et à l'exécution de la sentence. Je dois même avouer que vous avez poussé des hurlements qui n'avaient rien d'humain mais auxquels j'ai été fort insensible.

Il s'arrêta pour rire à son aise et un sentiment d'épouvante me saisit. Cet homme, non seulement ne s'était pas contenté de nous livrer aux lyncheurs, il venait encore railler nos souffrances.

Miss Dean m'interpella :

— Connaissez-vous cet homme ?

Il répondit pour moi :

— Oh ! oui, elle me connaît ; nous étions même très bons amis autrefois, mais nous nous sommes disputé un jour, et elle m'a donné mon congé. Pas vrai, Dolly ?

Je haïssais cet être sans cœur, mais la douleur avait tué en moi tout autre sentiment.

— Oui, oui, c'est vrai, mais pour l'amour de Dieu taisez-vous et délivrez-nous.

Il sourit, mais ne fit pas un mouvement.

— Oh ! m'écriai-je à moitié folle ; comment pouvez-vous rester à regarder deux malheureuses femmes qui souffrent le martyre. Vous n'avez donc pas de cœur, pas de pitié ?

— Je ne suis pas un bienfaiteur de l'humanité moi ! répondit-il ironiquement, et je n'ai que très peu de tendresse pour les abolitionnistes qui viennent débaucher mes esclaves ; mais cependant, je consens à faire en votre faveur exception. Si vous consentez me suivre, je vous aiderai à descendre.

En entendant cette offre cynique, Miss Dean terrifiée me cria :

— Oh ! Dolly, n'écoutez pas cet homme ; c'est un lâche… il profite de vos souffrances pour abuser de vous… mais ne l'écoutez pas, ma chérie, et supportez vos douleurs bravement. Je souffre autant, si ce n'est plus que vous, mais jamais je n'accepterai de telles conditions, plutôt la mort.

Randolph éclata de rire.

— Je n'ai nullement l'intention de vous offrir quoi que ce

soit de semblable, Miss Dean. Vous pouvez rester assise deux heures et plus sur cette barrière sans que je m'interpose. Ce que j'ai pu voir de vos charmes n'a rien de bien tentant. Plate comme une limande et longue comme une perche, voilà ce que vous êtes ; or, j'aime une petite femme potelée comme Dolly.

— Brute ! lâche ! s'écria Miss Ruth au comble de l'exaspération.

Après tout elle était femme, et il lui était désagréable d'entendre ainsi parler de ses charmes.

— Maintenant Dolly, vous m'avez entendu ; voulez-vous me suivre ce soir ?

La façon grossière dont il me fit cette question me choqua. Aussi rassemblant le peu de courage qui me restait, je lui répondis.

— Non, non, laissez-moi, je n'irai pas avec vous.

Toutefois je manquais visiblement d'assurance en parlant ainsi.

— Très bien, fit-il, vous avez encore près d'une heure à rester dans cette position, et il est probable qu'au bout de ce temps, vous serez terriblement endolorie. La perspective vous en sourit-elle ?

Je me mis à pleurer de nouveau, à le supplier de me délivrer sans conditions ; mais sans prêter la moindre attention à mes prières il alluma un cigare et alla s'appuyer à la barrière en nous regardant d'un air indifférent, pendant que nous nous tordions en d'indicibles souffrances.

Je résistai encore quelques minutes ; enfin, exaspérée, à bout de forces, sentant qu'il me serait impossible de supporter davantage cette torture je criai à Randolph :

— Descendez-moi… je ferai tout ce que vous voudrez.

— Dolly, ma chérie, s'écria Miss Dean, je vous en prie, ne brisez pas votre vie ; vos souffrances seront bientôt finies ; encore un peu de courage ; faites comme moi, je préférerais mourir que de céder à cet homme.

Elle était de l'étoffe dont sont faits les martyrs.

— Êtes-vous tout à fait décidée, dit Randolph en posant sa main sur le nœud de la corde.

— Oui, oui, dépêchez-vous !

— Oh ! Dolly, ma pauvre petite, comme je vous plains, dit Miss Dean d'un ton navré. Vous ne savez pas ce que l'avenir vous réserve.

Puis elle baissa la tête et se reprit à pleurer.

En un clin d'œil, Randolph avait dénoué les cordes, et, m'enlevant dans ses bras, me porta à la véranda, où il me fit asseoir dans un fauteuil. J'éprouvais à demeurer ainsi, un bien-être délicieux après les intolérables tortures que j'avais eu à subir. Il alla me chercher un verre d'eau que je bus avidement ; j'avais la bouche sèche ; de plus, l'excès de la douleur m'avait donné la fièvre.

Quand je fus un peu remise, je suppliai Randolph de délivrer Miss Dean. Mais, furieux après la pauvre femme, il refusa tout d'abord. Enfin je le priai avec une telle ardeur qu'il se laissa fléchir et me promit de la délivrer avant de quitter la maison.

— Maintenant, Dolly, je vais aller chercher le *buggy*. Il est au bout de l'avenue, je ne serai donc pas long ; restez tranquillement assise, et surtout n'essayez pas de vous sauver ; les lyncheurs sont aux environs, et si vous retombiez dans leurs mains, il pourrait vous en cuire.

L'idée de me sauver était bien loin de moi ; mes membres étaient si endoloris que je n'avais même plus conscience de l'endroit où je me trouvais. Je m'étendis tout de mon long sur le canapé, heureuse de moins souffrir.

Randolph reparut bientôt ; il attacha son cheval et s'approcha en disant :

— Allons, Dolly, j'enverrai prendre vos affaires demain. Pour cette nuit, mes femmes vous procureront le nécessaire. Pouvez-vous marcher jusqu'à la voilure, ou voulez-vous que je vous porte.

J'essayais de marcher, mais mes jambes se dérobaient sous moi. Il m'enleva dans ses bras, me porta jusqu'au *buggy* et m'enveloppa de couvertures, se dirigeant ensuite vers Miss Ruth, il défit les cordes qui l'attachaient, sans s'inquiéter davantage de la malheureuse. Ma pauvre amie descendit péniblement de son terrible perchoir, en me disant d'un ton suppliant :

— Dolly, n'allez pas avec cet homme, ma chérie, vous ne savez pas ce que vous faites ; il vous a arraché votre promesse au moment où la douleur vous affolait ; vous n'êtes donc pas forcée de vous conformer, restez avec moi, petite.

Ma lâcheté me fit répondre en tremblant :

— Je ne le puis ; je suis en son pouvoir.

— Oui ma fille, dit Randolph, vous êtes à ma merci, et si vous essayez de vous dérober, vous ne tarderez pas à vous retrouver à cheval sur la palissade. Puis se tournant vers Miss Dean, il lui dit d'un ton rude :

— Quant à vous, vieille folle, souvenez-vous de la menace des lyncheurs ; si dans les quarante-huit heures vous n'avez pas disparu du pays, vous verrez à qui vous aurez affaire.

Puis il prit place à côté de moi et cingla son cheval qui partit au grand trot.

13
Dans l'attente du sacrifice

Tant qu'il me fut possible d'apercevoir la bonne Miss Dean, je lui envoyai des baisers ; puis lorsqu'un tournant de la route l'eut dérobée à mes yeux, je me pris à pleurer amèrement. J'avais perdu la seule amie que j'eusse vraiment aimée.

Le cheval était un bon trotteur et les trois milles qui nous séparaient de l'habitation de Randolph furent rapidement franchis. Nous arrivâmes devant une grille de fer que deux Nègres ouvrirent pour nous laisser pénétrer dans une avenue ombragée de beaux arbres. La voilure s'arrêta enfin devant le perron d'une élégante maison précédée d'une large terrasse en pente douce et d'une immense pelouse très soignée au milieu de laquelle bruissait une fontaine.

Plusieurs Nègres se précipitèrent au-devant de nous et pendant que deux d'entre eux s'emparaient du cheval, les autres ouvraient la porte de la maison.

Randolph m'enleva dans ses bras, puis, traversant un grand hall très luxueux, me déposa dans une chambre meublée avec goût.

« Là, Dolly, me dit-il, vous êtes maintenant chez vous, à l'abri des lyncheurs. »

Il sonna. Une quarteronne répondit aussitôt à son appel.

C'était une grande belle femme, coquettement vêtue d'une robe de coton à ramages ; elle portait des manchettes et un col très blancs ; un bonnet, remplaçant le traditionnel madras, emprisonnait ses cheveux.

Elle me regarda attentivement sans cependant exprimer la moindre surprise.

— Dinah, lui dit son maître, cette dame vient d'être victime d'un assez grave accident. Portez-la dans la chambre rose, et soignez-la avec zèle. Vous m'avez compris ?

— Oui, maître.

Puis, s'adressant moi :

— Je vais aller dîner, ajouta-t-il, mais Dinah aura le plus grand soin de vous ; je crois que ce que vous avez de mieux à faire est de vous coucher. Ne Craignez rien, vous ne serez nullement troublée cette nuit.

Je compris la signification de ces dernières paroles, mais je ne répondis pas, encore trop étourdie. La rapidité avec laquelle ces tragiques événements s'étaient déroulés m'avaient à demi troublé la raison. Dinah vint à moi et m'enlevant dans ses bras robustes, comme elle eût soulevé un enfant, me porta après avoir monté un immense escalier, dans une chambre à coucher, très élégamment meublée, puis elle m'étendit douce-ment sur le lit.

Elle ferma la porte, et revenant près de moi, me regarda avec douceur :

— Mo qu'a connaît qui vous êtes, dit-elle. Vous qu'étiez bonnes Mam'zelles même, qu'aidez pauv' Négros Marrons à gagner libertés. Tous Négs connaît bien vous-mêmes, dans plantation, mais n'a pas êt' Nég' dénoncé vous. Mo savé que Lynchers fotté vous joud'hui. Quoiqu'a fait à vous ? Vous fotté et assir su baton pointu ? Vous dire à ma, ça qu'a miçants fait à vous, mo bien aimer vous pour ça qu'a fait a Negs Marrons.

La sympathie de cette esclave me toucha vivement et je lui racontai en détail toutes nos souffrances.

Elle quitta aussitôt la chambre et revint portant un bassin plein d'eau tiède.

— Là, tit'cœur, mo qu'a bien soigné vous.

Après m'avoir déshabillée, elle m'épongea, et frotta légèrement les ecchymoses douloureuses.

— Ça, bon pour coups, dit-elle.

Sa compresse m'apportait en effet un grand soulagement.

Tout en bavardant elle pansa soigneusement mes blessures, s'interrompant pour maugréer les lyncheur qu'elle appelait de tous les noms maudits. Une constatation bizarre que je fis, c'est le profond mépris que professent les Nègres à l'égard des Blancs qui ne possèdent pas d'esclaves, de même que le respect mêlé de crainte envers les propriétaires de Nègres, respect qui grandissait avec le nombre d'esclaves.

J'ajouterai également que Dinah ne sut jamais que c'était à son maître que nous devions les coups reçus si honteusement.

Dinah ayant fini de me soigner, s'en fut à la commode et ouvrit un tiroir qui, à mon grand étonnement, était plein de linge de corps d'une extrême finesse ; elle m'enleva ma chemise et me passa une robe de nuit, après quoi elle me fit mettre au lit.

Elle sortit et revint peu après avec un plateau chargé de différents plats et d'une bouteille de champagne.

Elle plaça une petite table à la tête de mon lit et y mit tout ce qu'elle venait d'apporter.

Peu habituée à boire d'alcool, je demandai à Dinah une tasse de thé qu'elle me prépara immédiatement. J'étais encore très faible. Je mangeai néanmoins de très bon appétit et ce léger repas me réconforta un peu. J'avais momentanément presque oublié le passé, et ne me sentais pas le courage de penser au présent, à l'avenir moins encore.

Pendant le repas, Dinah me parla librement, mais toujours avec respect.

Je lui demandai quelques détails sur son existence :

Née dans la plantation même, elle s'y était mariée et y avait toujours vécu. Son mari était mort, la laissant sans enfants, et elle ajouta avec orgueil qu'elle était gouvernante de la maison et avait vingt femmes sous ses ordres.

Enfin elle se retira.

Mon lit était large et moelleux ; j'étais horriblement fatiguée, et, cette grande lassitude aidant, je m'endormis d'un profond sommeil…

La pendule de Saxe marquait huit heures lorsque je m'éveillai le lendemain ; tout d'abord, je fus étrangement surprise du lieu où je me trouvais, puis, peu à peu, la foule des événements se précisèrent en mon esprit malade : la honteuse exposition des parties les plus secrètes de mon corps, la terrible fouettée, et la chevauchée sur la barrière ; je frissonnais en pensant â Randolph, et à la promesse que je lui avais faite. Il pouvait venir d'un instant à l'autre. Peut-être épiait-il déjà mon réveil, caché là à quelques pas de moi ; le rouge de la honte me rendit cramoisie ; je sautai vivement hors du lit pour fermer la porte à clé… il n'y avait pas de clé !

Et quand j'eusse pu m'enfermer, à quoi bon pareille précaution ? Un jour ou l'autre, il faudrait bien me résigner au sacrifice inévitable.

Toute frissonnante, je me remis au lit, avec la crainte de voir entrer Randolph d'un moment à l'autre. Quand viendrait-il ?… Peut-être dans la journée, ou dans la nuit ? Me cachant sous mes couvertures, je m'efforçai de dormir. Impossible : toujours je voyais la face de Randolph essayant de sourire, ce qui me semblait l'affreuse grimace d'un satyre en furie.

Vers neuf heures, Dinah entra portant un plateau avec du thé et une lettre de Randolph : il me disait avoir été appelé à Richmond pour une affaire importante, et, peut-être, ajoutait-il, y serait-il retenu cinq ou six jours. Il avait fait prendre mes malles, et me disait de commander à Woodlands où je me trouvais, en maîtresse absolue.

Heureuse de ce répit inattendu, je bus mon thé et me

recouchai.

Une jeune quarteronne venait d'entrer, portant un grand bassin qu'elle remplit d'eau froide, puis après avoir étalé tous les objets de toilette qui pouvaient m'être utiles, elle quitta la chambre.

Je pris mon bain et, tout en me séchant, je me regardais dans une grande psyché ; les marques de la flagellation avaient considérablement diminué, mais mes chairs étaient toujours sensibles au toucher. J'étais encore toute meurtrie entre les jambes, la barrière avait coupé mes chairs. Des larmes de rage jaillirent de mes yeux quand je vis les traces du honteux traitement que j'avais eu à subir.

Dinah revint et m'aida à m'habiller et à me peigner, puis me conduisit dans une chambre très confortable où deux jolies quarteronnes me servirent à déjeuner en me regardant curieusement de leurs grands yeux de gazelles. Ce repas terminé, Dinah vint m'annoncer que mes malles étaient arrivées.

14
Fleurs fânées

En déballant rapidement mes malles, ma pensée se reportait tout entière vers Miss Dean. Dinah m'avait prévenue du départ de mon amie et de Marthe, pour le Nord.

Combien j'aurais donné pour pouvoir les suivre ! L'idée de m'évader me traversa l'esprit et je résolus de faire tout mon possible pour l'exécuter.

Combien Miss Dean serait heureuse de me voir revenir à elle aussi pure que je l'avais quittée.

Et voilà qu'en ouvrant ma dernière malle, je trouvai un bouquet de fleurs rares que nous avions cueillies ensemble et que j'avais conservées, quoiqu'il commençât à se faner. Oh ! Ces fleurs, comme j'y tenais. Je les effleurai de mes lèvres, et mon âme tout entière s'envolait vers Miss Dean. Toute ma vie mon remords sera d'avoir lâchement abandonné ma bienfaitrice. Si j'avais pu prévoir la suite !… Mais bien peu font leur existence, et nous toutes, femmes, sommes poussées par cette force inexplicable qui nous dirige vers l'inconnu. La douleur avait été pour beaucoup dans ma résolution, mais je dois l'avouer, je cédai plutôt que je ne fus contrainte à suivre cet homme que, cependant, j'exécrais. Ainsi est fait notre caractère.

Je m'habillai complètement, me coiffai soigneusement et

sortis de l'appartement. Dans le hall qui précédait la principale porte extérieure, je rencontrai Dinah à qui je déclarai mon intention de faire un tour dans la propriété.

Alors, avec des larmes dans la voix, Dinah me dit qu'elle devait m'accompagner partout, sans me laisser m'éloigner de l'habitation.

Mon projet d'évasion s'écroulait. Dans un mouvement de rage, je lançai mon bouquet de fleurs fanées par-dessus la barrière – infranchissable pour moi.

« Va m'écriai-je, que le vent emporte ma dernière espérance. Miss Dean, nous sommes à jamais séparées. Puisse la brise te porter mes regrets et un peu de l'amour que je ne cesserai jamais d'avoir pour toi. »

Puis, étendue sur une banquette, je me pris à sangloter.

Peu à peu, je me calmai, et Dinah, dans l'espoir de me distraire, me proposa de me faire visiter la maison.

J'acceptai son offre et nous nous promenâmes dans toute l'habitation. Je fus surprise du luxe qui s'étalait partout. Il y avait une vingtaine de chambres, toutes admirablement meublées, chacune dans un style différent. Je parcourus successivement plusieurs boudoirs, de vastes fumoirs, une merveilleuse salle de billard, et une grande bibliothèque remplie de livres de toutes sortes ; deux corridors et deux larges escaliers donnaient accès dans toutes ces pièces.

Ainsi que me l'avait dit Dinah, elle avait sous ses ordres

vingt servantes, toutes portant le même costume : une robe de coton à ramages, un tablier blanc, un col, des manchettes et sur la tête un gant bonnet. Les filles affectées aux cuisines étaient des noires et des mulâtresses, mais toutes les femmes de chambre étaient quarteronnes ou mistis ; elles pouvaient avoir de dix-huit à vingt-cinq ans ; toutes étaient fort jolies et deux mistis surtout étaient réellement belles. Plusieurs enfants couraient dans les appartements, mais je n'aperçus pas un seul homme.

J'allai ensuite me promener seule dans les jardins qui étaient entièrement entourés de grilles de fer ; la seule entrée était la grande avenue par laquelle j'étais arrivée, la veille avec Randolph. J'errai à l'aventure pendant longtemps, mais je remarquai toutefois que les Nègres employés au jardinage ne me quittaient pas des yeux, et surveillaient mes moindres mouvements. Je voulus m'assurer que j'étais vraiment prisonnière et je m'avançai vers la grille que j'essayai d'ouvrir. Deux noirs s'approchèrent immédiatement et l'un deux me dit :

« On pas poué allé. Nous qu'a gagné ordre de Massa pas laissé ou sorti. »

Je retournai tristement dans ma chambre que j'examinai soigneusement pour la première fois. Elle était ravissante, tendue de rose et de blanc. De large fenêtres ouvraient sur un jardin. L'ameublement très soigné et intime, ressemblait quelque peu à celui d'un boudoir. De très larges fauteuils, et une table carrée la garnissaient principalement.

Roulant un fauteuil près de la fenêtre, et m'y allongeant, je m'abandonnai à mes pensées.

Que Randolph était donc cruel de nous avoir livrées aux lyncheurs et de m'avoir arraché mon consentement par des souffrances horribles.

Oh ! Pourquoi n'avais-je pas eu le courage de supporter bravement, comme Miss Dean, les tourments que ces brutes nous avaient infligés. En quelques heures, j'eusse été sur la route de Richmond. Je comparai ma position avec celle de mon amie ; elle était bien tranquille maintenant ; dans deux jours, elle serait en sûreté à Philadelphie, tandis que je resterai à Woodlands, prisonnière d'un monstre qui me prendrait comme jouet de toutes ses fantaisies.

La matinée s'écoula ainsi, et vers une heure, Dinah vint m'annoncer que le lunch était prêt. Après m'être légèrement restaurée, je rentrai dans la bibliothèque et je cherchai dans la lecture l'oubli momentané de ma triste situation. À sept heures, je fus appelée pour le dîner, un dîner meilleur et mieux servi que ceux auxquels j'étais accoutumée, Miss Dean vivant très simplement. Deux quarteronnes, Lucie et Kate servaient à table, et Dinah, toujours majestueuse, faisait le service.

Je fis un très bon repas ; j'avais réellement faim, et comme j'étais bien portante, mon appétit, malgré tout ce que j'avais eu à subir, ne perdait pas ses droits.

J'allai ensuite m'étendre sur un canapé, dans un petit salon attenant à la salle à manger. Les lampes furent allumées, les rideaux tirés, et je m'installai très confortablement pour lire. La soirée me parut longue, et je me décidai enfin à me coucher. Dinah me déshabilla et je me glissai entre les draps. Je ne tardai pas à dormir d'un profond sommeil.

Mon esprit versatile et léger – j'étais si jeune ! – ne me rappelait plus ma triste situation, et c'est après des rêves enchanteurs que je m'éveillai, le lendemain, fraîche et disposée, comme s'il ne s'était rien produit dans le cours de mon existence…

15
La fin d'un rêve

Quatre jours s'écoulèrent, tranquilles, monotones.

J'oubliais presque Randolph, lorsqu'un matin Dinah, en m'apportant mon déjeuner me dit avoir reçu une lettre de son maître ; il annonçait son retour pour le soir, et lui recommandait de préparer un très bon dîner. Je me dressai, regardant fixement Dinah. J'étais terrifiée de savoir si proche le moment redouté. Eh quoi, déjà ! Je m'accoutumais à la nouvelle vie que je menais, et c'était pour moi un coup terrible que je pressentais, tel le bras qui vous secoue pendant votre sommeil et interrompt un beau rêve.

C'était maintenant la réalité, l'heure fatale et maudite qui approchait, l'heure où il faudra me donner tout entière à l'homme que je haïssais le plus au monde, n'éprouvant pour lui qu'une répulsion qui me semblait en ce moment ne jamais vouloir s'atténuer.

Je me levai et m'habillai machinalement ; il me fut impossible de déjeuner, et toute la journée j'errai mélancoliquement d'une chambre à l'autre, la tête pleine de pensées tristes.

J'étais déjà épouvantée par les événements que j'entrevoyais.

Maintenant, je n'avais plus d'espoir d'échapper au satyre qui guettait, depuis trop longtemps, sa malheureuse proie.

Vers cinq heures, j'étais assise dans ma chambre, lorsque Dinah entra, suivie d'une quarteronne qui portait un tub. Elle le plaça au milieu de la pièce, le remplit d'eau chaude, puis elle sortit, me laissant seule avec Dinah. J'avais déjà pris mon bain, et je me demandais pourquoi cette fille me rapportait le tub rempli d'eau chaude ; je n'avais pas l'habitude de prendre de bains chauds, et j'en fis la remarque à Dinah.

« Mo, mamzel, me répondit-elle, mo savé vou mémo faitement propre, Maît' dans lette, mo baillé à vous bain pafumé ; si mo pas complir, li baillé mé fessée. »

Je rougis d'indignation, et j'étais profondément humiliée. On purifiait la victime et on la parfumait avant le sacrifice. Dinah n'y pouvait rien ; elle avait reçu des ordres auxquels elle ne pouvait que se conformer. Je lui permis donc de me laver.

Elle parut rassurée et se mit immédiatement à parfumer le bain. Elle y versa le contenu d'une petite fiole, puis un paquet de poudre blanche qui fleurait délicieusement la rose, après quoi, elle remua l'eau jusqu'à ce que la poudre fut complètement dissoute.

J'appris par la suite que cette préparation était en usage dans les harems d'Orient et la donnait à la peau un velouté exquis.

Lorsque tout fut prêt, elle me déshabilla et me passa l'éponge sur tout le corps, vantant en même temps l'harmonie de mes formes et la blancheur de ma peau.

Puis elle me sécha avec des serviettes très douces et me massa de la tête aux pieds, froissant légèrement la chair entre ses doigts. Mon corps devenait extrêmement souple, et ma peau devenait d'un blanc laiteux immaculé.

Dinah m'habilla ensuite, portant ses plus grands soins aux linges de dessous. Elle me passa une chemise garnie de guipures et de rubans bleus et blancs, puis un pantalon avec des dentelles roses. Une paire de bas de soie blanche me fut attachée au-dessus du genou avec d'élégantes jarretières de satin bleu, ornées de boucles d'argent.

Lorsque j'eus aux pieds mes plus fins souliers, elle me fit mettre mon corset qu'elle sangla fortement et, finalement, me passa une délicieuse robe blanche. Elle m'avait fait une coiffure très haute qui me seyait à merveille. Ces préparatifs achevés, elle recula de quelques pas et, satisfaite sans doute de son examen, elle s'écria :

« Vous très belle, li Massa li content y baillé moi compliments. »

Dinah savait très bien dans quel but elle m'avait ainsi parée, mais elle ne comprenait pas pourquoi j'étais si émue.

Elle n'était pas vertueuse, et comme toutes ou presque toutes les femmes de couleur, elle était de mœurs faciles et d'idées peu austères. De plus, je crois qu'elle m'estimait heureuse d'avoir attiré l'attention du maître, qui était à ses yeux un très important personnage.

Ces apprêts terminés, elle me fit descendre dans le salon, pour attendre l'arrivée de Randolph.

Je m'installai dans la grande pièce, brillamment illuminée pour cette circonstance et, à peu près résignée à mon sort, j'attendis le cœur gros l'homme qui allait me ravir ma virginité.

16
Amant et maîtresse

J'étais assise dans le salon, prêtant l'oreille au moindre bruit. Si j'avais éprouvé à l'égard de Randolph le moindre sentiment de tendresse, ma peine eût été moins amère, mais je le haïssais cordialement.

J'entendis bientôt le roulement d'une voiture qui s'arrêtait devant la terrasse, puis une porte qui s'ouvrait. Mon cœur commença à battre violemment, mais mon énervement ne ressemblait en rien à celui d'une jeune fille qui attend son amant. Quelle singulière position était la mienne ; j'étais partagée entre la crainte de revoir Randolph et le désir d'en finir au plus tôt.

Enfin il entra. Il était en costume de soirée. Venant à moi, il me prit les mains et m'embrassa sur les lèvres. Je frémis de tout mon être ; il me regardait longuement et attentivement, pendant que, les yeux baissés et toute rougissante, j'attendais qu'il m'adressât la parole.

« Vous êtes tout simplement ravissante, Dolly, dit-il après un long silence. Votre robe vous sied à ravir, mais à l'avenir, il faudra mettre une toilette décolletée pour le dîner. »

Il me considérait déjà comme sa propriété.

— Je n'en ai pas, murmurai-je en manière d'excuse sans

oser lever les yeux.

— Vous en aurez bientôt plusieurs, reprit-il en souriant. Maintenant, dites-moi, avez-vous été bien soignée durant mon absence ? Dinah a-t-elle bien veillé sur vous et les domestiques ont-ils été respectueux ?

Je n'avais certes pas eu à me plaindre, et, sans les tristes idées que j'avais en tète, j'aurais pu me trouver très heureuse. Je lui répondis donc que Dinah avait été très bonne et que les domestiques s'étaient montrés envers moi attentifs et pleins de déférence.

— C'est heureux pour eux, et, s'il en avait été autrement, il leur en eût cuit, depuis Dinah jusqu'à la dernière des filles de cuisine.

Ses paroles me révoltèrent un peu. Il me semblait qu'il eût pu éviter de faire allusion à des corrections dont je ressentais encore légèrement la douleur.

Il m'adressa encore quelques questions sans importance et une des femmes vint annoncer que le dîner était servi.

La table était couverte de fleurs, le linge et la verrerie étaient d'une grande richesse.

Sur le grand buffet d'acajou brillait la lourde argenterie qui appartenait à la famille des Randolph depuis plusieurs générations. C'était la première fois depuis mon arrivée que l'on servait le dîner dans la vaisselle plate.

Randolph parlait gaiement, mangeant de bon appétit et sablant le champagne avec une aisance sans égale. Je ne touchais que du bout des lèvres aux nombreux mets servis et ne répondais que par monosyllabes.

Randolph, dans l'espoir de m'animer, essaya de me faire boire une coupe de champagne, mais le vin me monta à la tète et ne fit que m'étourdir au lieu de m'exciter.

Il n'insista plus pour m'en faire boire. Le repas terminé, nous passâmes au salon et Randolph alluma un cigare.

Il avait appris à Richmond que Miss Dean était arrivée saine et sauve à Philadelphie, et il ajouta en riant bruyamment :

— Je ne pense pas que l'élégante quakeresse recommencera de sitôt à diriger une *station souterraine*. Par Dieu, elle a reçu une terrible fouettée ; j'imagine qu'elle en portera toujours les marques ; Quant à vous, Dolly, vous n'aurez pas de cicatrices, votre peau n'ayant pas été coupée.

Vers dix heures, il se leva, et, me prenant par la taille, essaya de m'entraîner. Je fis un dernier appel à sa pitié :

— Je vous en supplie, monsieur Randolph, épargnez-moi, lui dis-je enjoignant les mains.

Sa figure changea brusquement et ses traits prirent une expression de colère qui m'effraya.

— Dolly, me répondit-il durement, n'insistez pas ; vous savez ce que vous m'avez promis, et je suppose que c'est une affaire terminée.

— Oh ! je vous en prie, rendez-moi ma parole. Vous savez bien que j'étais à demi folle de douleur lorsque je vous ai promis ce que vous me demandiez. Soyez généreux et laissez-moi partir…

— Écoutez, m'interrompit-il brusquement, tout ce que vous pourrez me dire est inutile. Vous êtes en mon pouvoir, à ma discrétion, et, certes, je ne vous rendrai pas votre parole. Si vous ne consentez pas à me suivre de plein gré, j'emploierai la force. M'avez-vous bien compris ?

Ma dernière chance de salut s'évanouissait et ses menaces m'épouvantaient. Toute résistance devenait inutile et la soumission était obligatoire. C'est en sanglotant et baissant la tête que je murmurai :

— Je suis prête à vous suivre.

Oh ! Combien ces mots me coûtèrent. Randolph me prit le bras et me conduisit à ma chambre sans ajouter une parole.

17
Nuit d'épreuve

Randolph avait fermé la porte, et, se tournant vers moi, me dit :

« Voyez-vous, belle Dolly, je suis très heureux que vous soyez revenue à de bons sentiments. J'eusse été très fâché d'employer la violence à votre égard. »

Me faisant tenir debout devant la glaces il défit vivement les boutons de mon corsage et les cordons de ma jupe, puis en un clin d'œil, fit sauter mon corset. Il défit ensuite mes jupons et mes pantalons et m'enleva mes bas. Je me trouvais donc complètement déshabillée devant lui, n'ayant que ma chemise sur le corps, et, je l'avoue, malgré ce dernier vêtement, je me sentais rougir de honte. Quelle angoissante position pour une femme qui était encore une jeune fille ! et je savais bien que les femmes, dans tous les temps et dans tous les pays du monde, qui ont passé par ces épreuves n'en étaient pas mortes.

Puis, soudain, comme si le dernier voile qui me restait et me couvrait mal, l'eût impatienté, il me l'enleva et je me trouvai complètement nue devant cet homme. Je fermai les yeux, mais les larmes perlèrent sous mes paupières et coulèrent lentement sur mes joues. Cependant Randolph ne cessait de parler.

« Comme vous êtes belle et bien faite, murmurait-il.

Combien vos formes sont élégantes et pures ! »

Une autre femme eût peut-être été heureuse de ces compliments, mais j'étais trop honteuse et ne prêtai que peu d'attention à ces paroles ; je désirais ardemment la fin de ce supplice.

Enfin, Randolph m'avait étendue sur le lit. Me serrant dans ses bras, il m'étouffait de baisers…

Je ne me soucie pas de savoir comment les autres se sont tirées d'affaire en cette pareille circonstance. Pour moi, je la trouvai si bestiale et douloureuse que, dans ma naïveté, je me crus victime d'un abominable attentat. Je ne ressentis pas la plus fugitive sensation voluptueuse. Rien que de la douleur.

Toutes les femmes ont passé par là ; je le sais et aucune pourtant ne s'en est plainte : la preuve en est qu'elles y retournent.

Néanmoins, je n'éprouvai que du dégoût et mon aversion pour Randolph ne fit que d'augmenter.

Je me réveillai le lendemain matin, courbaturée. Randolph, lui, dormait toujours profondément.

J'étais triste et découragée, et mes pensées n'étaient pas précisément gaies.

Après avoir longuement réfléchi sur mon affreuse situation, je crus que le mieux était de rester à Woodlands, pour quelque temps du moins, et de faire contre fortune bon cœur. Je résolus donc de tirer le meilleur parti de la situation.

J'en étais là de mes réflexions, lorsqu'on frappa à la porte : c'était Suzanne, l'une des filles de chambre, qui apportait le thé. Elle plaça son plateau sur une table près du lit ; elle me regardait sans la moindre expression d'étonnement ou de curiosité mais je me sentis toute honteuse de me trouver couchée avec un homme en présence de cette fille, et je rougis malgré moi.

Elle mit un peu d'ordre dans ma chambre, ramassant mes vêtements que Randolph avait jetés à la volée par toute la pièce. Puis elle prépara le bain et se retira.

Je me levai, puis une fois habillée, je descendis dans le jardin, afin de m'asseoir dans un coin solitaire où je pusse réfléchir à mon aise.

Après tout ce que j'avais eu à subir, j'étais heureuse de me retrouver un instant seule ; la sérénité du ciel, l'air frais du matin, le doux arôme des fleurs et le clair du soleil qui montait à l'horizon, eurent pour effet de calmer un peu la surexcitation de mes nerfs. Je me sentais toute alanguie et je restai à l'ombre jusqu'à l'heure du déjeuner.

Après le repas, Randolph s'éloigna et Dinah entra, m'apportant un panier de clés, en me demandant respectueusement mes ordres pour la journée. Je remarquai qu'elle ne m'appelait plus Mamzelle, mais Maîtresse.

Comme je n'avais nullement l'intention de me donner la peine de surveiller la gestion d'une maison aussi importante que Woodlands, je priai Dinah de garder les clés et de continuer à diriger tout comme auparavant.

Elle parut très heureuse de ma résolution, et, reprenant fièrement son panier, elle partit toute joyeuse.

Je passai l'après-midi sur un divan à lire tranquillement et je ne revis Randolph qu'au dîner.

Mon appétit était revenu ; je fis honneur aux excellentes choses qu'on nous servit et je bus une ou deux coupes de champagne. Je trouvai, cette fois, ce vin délicieux ; il ne tarda pas à agir et me monta même légèrement à la tète.

À onze heures, nous nous mimes au lit et cette nuit se passa plus agréablement que la précédente.

18
Passe-temps agréables

Plusieurs semaines s'écoulèrent. J'étais confortablement installée à Woodlands, et je commençais à me faire à ma nouvelle vie, m'efforçant même de chasser toute préoccupation d'avenir.

Randolph avait pris, pour mon service, la meilleure couturière de Richmond, et, grâce à ses soins empressés, ma garde-robe était au complet. J'avais quantités de toilettes de ville et de soirée, du linge très fin orné de dentelles de prix.

Il m'avait aussi fait faire un costume d'amazone et me donnait des leçons d'équitation.

Randolph, très généreux, m'avait offert de nombreux bijoux ; c'était, d'ailleurs, un parfait gentleman possédant une brillante instruction. Malheureusement un libertinage invétéré gâtait ses bonnes qualités ; j'eusse voulu mon amant plus sage.

Toutes les femmes de sa plantation lui étaient passées par les mains. Il n'avait néanmoins aucun égard pour elles ; elles étaient ses esclaves et, pour la moindre faute commise, il les faisait fouetter ou les fouettait lui-même sans pitié.

Il en était de même avec moi, corrections exceptées, bien entendu. Il me répétait souvent que j'étais jolie, et ne se lassait pas de me contempler. Il ne m'aimait pas, il m'admirait. J'étais obligée de me plier à toutes les fantaisies que son cerveau surexcité lui commandait, d'agréer toutes ses fantaisies lubriques.

Son grand amusement était de me varier mes costumes. Il me prenait en robe de soie, robe de ville ou de soirée, dans toutes les positions qui lui traversaient l'esprit.

Du jour de mon entrée dans la maison, il délaissa complètement les servantes pour s'occuper exclusivement de moi. Au fond j'aurais préféré qu'il me laissât un peu plus tranquille.

Peu à peu, cependant, je finis par m'habituer à lui et à l'appeler par son prénom, Georges. Il était toujours très doux avec moi, quoique parfois de très mauvaise humeur.

À cause de son incorrigible libertinage, Randolph, bien qu'appartenant comme je vous l'ai dit, à l'aristocratie de la Virginie, n'était pas invité dans la société. Aussi il ne venait jamais de dames à Woodlands et, quand il recevait, il n'y avait que des hommes à table. Je m'asseyais alors en face de lui à la place d'honneur. À l'occasion de ces fêtes, toutes les femmes de la maison étaient vêtues de noir, avec le col et les manchettes blanches, et de jolis bonnets sur la tête.

Malgré toute la licence accordée à ses invités, aucun d'eux ne me manqua jamais de respect, personne n'essaya de prendre la moindre privauté. Tous me traitaient comme la dame de la maison et, comme on savait que Randolph était très violent et tirait admirablement au pistolet, arme dont il était d'ailleurs constamment prêt à se servir, aucun d'eux serait jamais avisé de me parler trop familièrement.

Le temps pourtant s'écoulait sans événements ; j'étais toujours très bien portante, et ne m'ennuyais pas. J'avais quantité de livres à ma disposition : je montais à cheval tous les jours, tantôt seule, tantôt avec mon amant. Souvent même, nous faisions de longues promenades en voiture.

De temps à autre, nous allions passer quelques jours à Richmond ; c'était là pour moi de vraies parties de plaisir.

Nous descendions dans le meilleur hôtel et nous allions tous les soirs au théâtre ou dans un café concert quelconque. Je n'avais jamais été au spectacle avant de vivre avec Randolph, et je fus prise d'une grande envie de me faire actrice.

Je m'en ouvris à Georges que la singularité de mon désir égaya beaucoup, mais il me déclara qu'il ne voulait plus entendre parler de cela.

Lorsque nous étions à Woodlands, je me promenais toute la journée dans la plantation qui, très importante, comprenait plus de deux cents Nègres, tous employés à la culture du coton.

Randolph était assez bon pour eux ; il les nourrissait bien et n'exigeait qu'un travail proportionné à leurs forces ; en revanche il ne leur pardonnait pas la moindre faute : aussi la courroie, la baguette et la batte ne chômaient-elles guère.

Les esclaves étaient répartis en trois quartiers. Le premier était réservé aux couples mariés, le second aux hommes seuls et le troisième aux filles.

Mais, aussitôt le travail terminé, ils se réunissaient pour danser et chanter en s'accompagnant de tambourins. Naturellement, les registres de naissance que Randolph tenait soigneusement, accusaient une notable et continuelle augmentation dans la population.

À la maison, la discipline était toujours maintenue par Dinah, et, quand une fille faisait mal son service ou lui manquait de respect, elle était impitoyablement menée à Randolph qui ne tardait pas à lui faire regretter un moment de négligence. Souvent j'entendais les cris des coupables, mais jamais je n'assistais à l'exécution d'une punition.

Je crois vous avoir dit que j'avais pour femme de chambre une misti du nom de Rosa. Cette fille avait été avant mon arrivée la favorite de Randolph qui l'avait complètement délaissée depuis mon installation. Rosa en conçut un vif ressentiment à mon égard.

Elle manifesta les premiers jours sa jalousie en faisant très mal son service et en affectant pour moi des airs impertinents. Je savais que si je me plaignais à Randolph le châtiment serait sévère et je résolus de patienter.

Rosa était très belle fille ; âgée d'environ vingt ans, elle était grande, à peine plus foncée de peau qu'une brune des pays chauds. Son corps était bien proportionné ; ses mains fines n'avaient jamais été déformées par un travail pénible et ses cheveux non crêpés lui tombaient plus bas que les reins. Sa voix était mélodieuse, mais un peu traînante, et elle se servait du langage petit nègre en parlant.

Un matin qu'elle m'aidait à ma toilette, sa mauvaise humeur éclata : elle se mit à me brosser les cheveux si rudement que je lui en fis l'observation, mais sans y prendre garde, elle les tira plus vitement encore en disant :

— Ça pas occupation moi-même, brossé bourré vous-même. Vous béqué eré que paque tine la peau blanche, vous êtes belle bitin, vous femme, pas meilleur comme mo, vous pas femme à Massa, y vous qui tini coucé toutes les nuits avec lui-même.

Rouge de colère, je lui ordonnai de quitter la chambre, ce qu'elle fit en ricanant.

Les larmes me vinrent aux yeux et j'eus conscience de mon abaissement. Il était dur après tant de malheur de s'entendre parler de la sorte par une esclave. Mais, après tout, elle avait dit la vérité : je ne valais pas mieux qu'elle.

J'achevai de m'habiller seule, et je descendis.

Randolph remarqua mes yeux rouges.
— Qu'avez-vous, Dolly ? me demanda-t-il.
— Oh ! rien ; Rosa a été un peu impertinente avec moi.
Ma réponse ne le satisfaisant point, il insista et je lui racontai toute la scène, intercédant pour Rosa qui, ajoutai-je, avait toujours été très polie avec moi.
— Je lui parlerai tout à l'heure, dit Georges, et il continua tranquillement de déjeuner.

19
Amour et bastonnade

J'avais oublié la scène qui s'était passée et, le repas fini, je passai dans la bibliothèque afin de lire les journaux pendant que Randolph fumait un cigare.

Au bout d'un instant il sonna. Une des femmes, nommée Jane, répondit à son appel.

— Allez me chercher Rosa et Dinah, lui dit son maître, et revenez avec elles ; j'ai besoin de vous trois ici.

Elles arrivèrent ensemble quelques minutes après. Georges se leva de son siège et, se tournant vers Rosa qui paraissait épouvantée, il s'écria :

— Ah ! vous voilà, insolente ; comment osez-vous parler sur un ton semblable à votre maîtresse ? Chienne que vous êtes ! Croyez-vous que c'est parce que j'ai eu des bontés pour vous, que je vous laisserai insulter une dame Blanche. C'est ce que nous allons voir.

Terrifiée, Rosa pâlit, autant que le permettait son teint bronzé ; elle éclata en sanglots et, se tournant vers son maître, s'écria en joignant les mains :

— Lagué mo, lagué mo, Massa, pas fotté moin, mo qu'a mandé pardon ; puis, se tournant vers moi, elle me lança un regard suppliant.

Je ne voulais pas que cette malheureuse fut fouettée ; aussi intercédai-je vivement en sa faveur auprès de Randolph. Mais il ne se laissa pas fléchir.

— *Enlevez-la*, dit-il en se tournant vers Dinah.

Celle-ci, s'avançant vers Rosa, la saisit par les poignets, et, faisant demi-tour, l'enleva sur ses épaules larges en se penchant fortement en avant. Les pieds de la coupable quittèrent le sol, et elle se trouva courbée en deus sur le dos de Dinah.

Je ne tenais pas à voir le supplice et je me dirigeai vers la porte.

— Restez ici, je le veux, dit impérieusement Randolph. Levez les jupons, Jane, ordonna-t-il, et faites attention de bien les tenir hors de la portée de la badine.

Ainsi fut fait. Rosa avait la peau très lisse ; ses jambes bien moulées, dans des bas de coton blanc très propres, elle portait comme jarretières des nœuds de rubans bleus, et était chaussée de jolis souliers. Randolph alla chercher une badine dans un cabinet voisin, puis revint en disant :

— Je vais maintenant vous apprendre le respect à vos maîtres ; il y a longtemps que vous n'avez été fouaillée, mais je vais vous remuer le sang convenablement.

Rosa n'avait pas soufflé mot pendant ces préparatifs, mais à présent, elle tournait la tête vers son maître, et l'implorant :

— Oh ! Massa, vous qu'a pas baillé fotté, fot a Rosa même.

Il commença de fouetter la malheureuse, frappant lentement et posément. La fille frémissait, jetant les jambes en l'air pour essayer d'échapper au terrible contact de la badine, puis elle se mit à crier et à supplier son bourreau.

— Oh ! Massa, Massa, plus baillé fionfion, Massa qu'a baillé top fot, oh ! ché doudou qu'assez !

Le coudrier continuait à strier ses chairs, lui arrachant de
longs cris. Sa peau était très fine pour une femme de couleur ;
elle devait sentir cruellement la douleur.

Randolph s'arrêta enfin. La coupable fut remise sur pieds,
sanglotant.

— Là, Rosa, lui dit son maître. Vous n'avez pas à vous
plaindre ; je n'ai pas été sévère aujourd'hui, mais faites attention à vos paroles, car si j'apprends de vous la moindre imper-
tinence, vous ne vous en tirerez pas aussi légèrement.

Rosa, toujours pleurant, quitta la chambre avec les deux
femmes.

Nous restâmes tous deux seuls.

— Je crois, me dit Randolph, que maintenant vous n'aurez
plus à vous plaindre d'elle, mais si elle recommençait faites-
le-moi savoir.

— Oh ! Georges, répondis-je, comment avez-vous pu
fouetter ainsi cette malheureuse, surtout après avoir eu des
relations avec elle ; elle est jolie, et c'est mal à vous.

Il se mit à rire.

— Oui, vous avez raison, je l'ai eue souvent et je l'aurai encore si l'envie m'en prend, mais je ne l'en fouetterai pas moins
si elle se conduit mal et si elle en a besoin. Ce n'est qu'une
négresse, malgré sa peau claire, et vous, incorruptible abolitionniste, ne savez ni ne voulez comprendre le peu de cas que
nous faisons de nos esclaves. Leur corps nous appartient, et

nous sommes libres d'en faire ce que bon nous semble. Pour mon compte, je fais plus de cas de mes chevaux et de mes chiens que de mes Nègres.

Je croyais connaître Randolph, mais cette dernière remarque m'indigna. Je m'abstins pourtant de toute observation.

Lorsque je montai m'habiller pour dîner, je trouvai Rosa dans ma chambre ; elle paraissait très humble et très soumise. J'eus pitié d'elle, car je savais combien les coups de badine étaient douloureux.

— Je regrette que vous ayez été battue, Rosa, lui dis-je ; le fouet vous a-t-il fait très mal ?

— Oh, que oui, maîtresse, l'a qua fessée, qu'a fait gand mal a mo. Li mait jamais qu'a baillé mo fessade si fot, Dinah qu'a mo bandé tant coum gaisse à possuc. Ma ça qu'a faire toujours gand mal.

Elle m'aida à m'habiller, et depuis ce jour, je n'eus plus jamais lieu de me plaindre d'elle.

20
Heures de désœuvrement

Trois nouveaux mois passèrent ; je vis bien des choses curieuses, mais je ne veux pas allonger mon récit, ou plutôt ma confession.

Randolph donnait toujours à ses amis des dîners ou parties amusantes et parfois fort libres. N'eut-il pas l'idée, un jour qu'il avait dix convives, de vouloir les faire servir par dix esclaves nues ! Cette fantaisie m'épouvanta.

— Oh ! Georges, m'écriai-je, vous ne ferez pas une chose pareille ? Ce serait trop honteux.

— Mais si, certainement, répondit-il en riant ; comment, Dolly, vous rougissez ; je croyais pourtant bien que vous étiez guérie de votre timidité.

— Mais votre idée est absolument insensée. Si vous voulez agir ainsi, au moins, ne m'obligez pas à rester à votre table ; ma position entre dix hommes environnés de femmes nues serait trop horrible !

Hélas ! Il me fallut consentir à cette lubrique fantaisie d'un cerveau que je commençais à considérer comme malade.

Le repas eut lieu, ainsi que l'avait voulu Randolph, et, mourant de honte, je me retirai dans ma chambre, pour ne pas voir ce qui allait inévitablement se passer.

Quelques jours après celle scène. Randolph m'annonça

qu'il était dans l'obligation de partir à Charleston pour affaires et ordonna à Dinah de lui préparer sa valise. Avant de s'éloigner, il me fit plusieurs recommandations et me donna le contrôle de toute la maison, en m'exonérant cependant de la surveillance de la plantation : je devais également laisser les majordomes absolument maîtres du travail.

Il ajouta que si l'une des femmes commettait quelque faute, je pourrais, avec l'aide de Dinah, fouetter moi-même, ou, si je le préférais, l'envoyer à un des surveillants avec une note spécifiant quel instrument devait être employé pour la correction : la baguette, courroie, ou batte.

Je lui promis de faire tout ce qu'il me disait, mais, à part moi, je comptais bien ne pas fouetter ou faire fouetter une seule femme sous quelque prétexte que ce fût. Certes, il est bon parfois de fustiger doucement un enfant, mais l'idée de frapper rudement une femme me répugne profondément.

Randolph parti, je me sentais heureuse d'être libre d'agir à ma guise, sans avoir à subir les ordres d'un maître, car Randolph était moins mon amant que mon maître.

Le temps passa tranquillement. Dinah était très attentive et les femmes se conduisaient parfaitement. Je passais mes journées à lire et à monter à cheval. Randolph m'en avait donné un très doux, car j'étais toujours fort nerveuse.

Nous étions à l'époque de la récolte du coton. Cet ouvrage était fait par des femmes qui étaient obligées, sous peine de punition, d'en récolter un certain poids par jour. Elles se réunissaient à la fin de la journée et un surveillant, un carnet à la main, pesait leurs paniers. Si le poids était insuffisant, la femme était fouettée avec la courroie qui produisait une forte douleur sans abîmer la peau.

J'ai entendu dire à un surveillant qu'on pouvait fouetter une négresse pendant une demi-heure avec la courroie, sans en tirer une goutte de sang.

Nous avions alors soixante-dix femmes employées à ramasser le coton, et tous les soirs, quatre ou cinq recevaient la fouettée. Cette coutume n'était pas particulière à notre habitation, mais tous les planteurs de la Virginie agissaient ainsi. Les majordomes surveillant les travaux des champs étaient chargés du soin de punir les négresses, et toutes le plus jolies travailleuses leur passaient entre les mains ; ils n'en avaient pas plus de pitié pour cela ; leurs attributions comprenant les fustigations, c'est presque machinalement qu'ils les exerçaient.

21
Existence tranquille

Cependant, je continuais à mener une existence que l'absence de Randolph rendait fort calme.

Peu à après son départ, je reçus une lettre de Georges m'annonçant que ses affaires n'étaient pas terminées, et qu'il comptait rester encore quelques semaines à Charleston. La nouvelle ne m'émut guère. Je n'aimais pas mon amant et j'étais heureuse d'avoir un peu de tranquillité.

Le même jour, après le déjeuner, j'étais dans la bibliothèque, quand Dinah entra, l'air fort contrarié ; elle me raconta que, depuis le départ du maître, Emma, une fille de cuisine, faisait très mal sa besogne, et restait insensible à toutes les observations. Puis Dinah me demanda si je voulais la fouetter moi-même.

— Non, répondis-je, je ne puis faire cela.

— Lors, vous ça ka la mandé a majordome.

— Non, pas davantage.

Dinah me regarda très surprise. Elle ne pouvait comprendre pourquoi je ne voulais ni battre la fille ni l'envoyer au majordome.

— Oh ! maîtresse, dit-elle, mo ka faire ? si vous ka pas baillé fouetté a canaille Négesse la, toutes autes bouguesses dans maisons tant comme, li van mal corresponde à mo même, y moi ka pas pouvoi tini ordre, dans habitation.

Je ne pus m'empêcher de rire en entendant la façon méprisante avec laquelle Dinah parlait des drôlesses noires. Esclave elle-même et passible du fouet pour la moindre faute commise, elle avait une haute idée de sa propre importance et de sa position de femme de charge de Woodlands.

— Attendez le retour du maître, lui dis-je, alors vous vous plaindrez d'Emma et vous la punirez.

Dinah était fort mécontente et me fit observer que si je ne voulais pas fouetter la femme avec une badine, je pouvais le faire sur mes genoux avec une pantoufle. Mais je lui refusai celte dernière satisfaction, et elle partit furieuse en grommelant contre mon indulgence pour « catin Négesse ».

Une semaine se passa. Une belle après-midi, j'étais partie avec un livre, m'installer dans un endroit paisible des jardins, auprès d'un joli lac couvert de nénuphars et environné de bosquets. Sur la berge était construite une petite maison toute chargée de plantes grimpantes, et meublée de chaises longues en osier, et d'une petite table ronde.

En approchant, j'entendis des éclats de rire, et j'aperçus deux galopins fort occupés à jeter des pierres à quelque chose qui remuait dans l'eau.

C'était le frère et la sœur, enfants d'une splendide mulâtresse appelée Marguerite, employée comme fille de cuisine. Les deux enfants étant quarterons, le père était évidemment un Blanc. Le garçon avait une douzaine d'années, et la petite un ou deux ans de plus. Comme il leur était interdit de venir dans ce jardin, je supposais qu'ils s'enfuiraient à mon approche, mais, absorbés par leur jeu ils ne m'aperçurent pas.

En avançant encore, je m'aperçus que leur but était un pauvre petit chat qui luttait désespérément pour regagner le rivage, et que les petits sauvages repoussaient impitoyablement.

J'aime beaucoup les animaux, et particulièrement les chats ; ce spectacle me rendit furieuse. Je courus au bord de l'eau et saisis la pauvre bête que je couchai au soleil, espérant qu'elle reviendrait à la vie, mais les pierres des petites brutes l'avaient cruellement blessée et elle resta étendue sans vie sur l'herbe.

J'entrai dans une grande colère et, saisissant les deux drôles, je les renversai tour à tour sur mes genoux et les fustigeai un peu fort. Puis, satisfaite, je m'installai confortablement et je lus le roman que j'avais apporté avec moi. Après le dîner, le soir, Dinah vint me demander divers renseignements, et j'en profitai pour la prier de me dire ce qu'elle connaissait de la vie de Randolph.

Elle parlait longuement, prenant plaisir à s'écouter elle-même ; son récit était semé de remarques que je ne crois pas utile de reproduire ; aussi ne vous en donnerai-je qu'un résumé.

Dinah était exactement du même âge que Randolph, étant née le même jour que lui, trente-cinq ans par avant. Sa mère avait été la nourrice de Georges, et les deux enfants, élevés ensemble, étaient une vraie paire d'amis. Mais sitôt que Randolph fut en âge comprendre la différence qui les séparait, il devint autoritaire, et la rouait de coups quand elle ne se pliait pas à ses caprices. À dix-huit ans, il lui ravit sa virginité, puis alla passer trois ans en Europe.

À vingt-cinq ans, Dinah épousa un quarteron, et, depuis cette époque, Randolph ne l'avait plus approchée. Ce dernier venait d'atteindre sa trentième année lorsque son père et sa mère moururent peu de temps l'un de l'autre ; il devint alors propriétaire de Woodlands. À cette époque, Dinah était veuve et première femme de chambre ; elle fut élevée à la dignité de femme de charge par Randolph qui lui conféra une certaine autorité sur les autres esclaves, ce qui ne l'empêchait pas de la fouetter quand elle avait le malheur de lui déplaire, quoique cela ne fût pas arrivé depuis plus de deux ans.

Je congédiai Dinah et me mis au lit. Le lendemain, à mon réveil, je reçus une lettre de Randolph.

22
Retour de Randolph

Georges m'annonçait son retour pour le lendemain soir, et me recommandait de lui faire préparer un bon dîner à l'heure habituelle.

Le jour de son arrivée, vers deux heures, je fis seller mon cheval et partis me promener. Aidée de Rosa, j'avais mis une jolie amazone, et m'étais coiffée d'un grand feutre gris comme en portent les cow-boys, ce qui m'allait à ravir. Je rentrai ver cinq heures. Le groom m'attendait sur le perron, et m'annonça que son maître était arrivé depuis plus d'une demi-heure. Épouvantée, j'entrai en courant au salon.

— Oh ! Georges, lui dis-je, je suis vraiment peinée de ne pas avoir été là pour vous recevoir, mais je ne pouvais penser que vous arriveriez avant six heures.

Je croyais le trouver furieux, mais il était au contraire de bonne humeur. Il se leva, vint à moi, et répondit en m'embrassant :

— Cela importe peu, ma petite chérie, je suis seul fautif.

Je fus surprise de ces manières affectueuses auxquelles je n'étais pas accoutumée, manières presque tendres et qui contrastaient singulièrement avec l'humeur habituelle de mon amant.

Nous descendîmes à la salle à manger, et nous fîmes honneur au repas qui, d'ailleurs, était excellent.

Randolph me questionna sur la conduite des femmes ; je lui dis sans hésitation que je n'avais eu qu'à me louer d'elles durant son absence.

Après le dîner, une fois installés au salon, Randolph me fit part de ses craintes sur la situation présente. Les rapports entre Nord et Sud très tendus. Georges, naturellement, Sudiste convaincu, avait voué une haine invétérée à ses adversaires qu'il agonisait d'injures. J'étais Yankee, et, comme telle, j'espérais en mon âme sur l'entière victoire de mes compatriotes ; je me gardais cependant d'exprimer tout haut mon opinion ; Randolph, selon son habitude, m'eût violemment imposé silence.

Le lendemain, nous fîmes en buggy une longue promenade, qui nous conduisit jusqu'à l'habitation où j'avais vécu si heureuse avec Miss Dean.

Les souvenirs se pressaient en foule dans mon esprit.

« Oh ! partons, dis-je à Georges qui s'aperçut de mon émotion. » Mais le cruel ne fit que rire bruyamment de ce qu'il appelait ma « sensiblerie mouillée » —mouillée, parce que mon émotion se traduisait en larmes silencieuses –, et nous reprîmes lentement le chemin de Woodlands.

Les jours succédaient aux jours, dans un morne désœuvrement. La continuité du calme dans cette ruche monotone pesait lourdement sur mes esprits ; il me semblait que je souffrais de ma tranquillité. Depuis le retour de Randolph, tout allait pourtant pour le mieux, et aucune femme n'avait encore eu ses jupons relevés – pour recevoir le fouet, s'entend, car pour le reste… L'amour existe dans tous les pays.

Cette quiétude ne pouvait durer. Un petit accident arrivé dans la récolte – accident peu important, du reste – eut le don de mettre Randolph dans une violente colère.

J'étais dans la bibliothèque, étendue négligemment sur une chaise longue, chaussée d'espadrilles légères, Randolph entra brusquement, les yeux charges d'éclairs. Il mordillait rageusement sa moustache, et, ne trouvant personne sur qui passer la colère qui grondait sourdement en lui, il m'adressa violemment la parole.

— Drôlesse ! vous savez que ces espadrilles me déplaisent. Eh quoi ! avez-vous l'intention maintenant de vous affubler plus mal qu'une chienne d'esclave…

— Mais…

— Taisez-vous, ou je vous gifle.

Alors, un peu calmé, il m'annonça qu'il avait un rendez-vous très important avec un planteur des environs. Il appela Dinah qui accourut aussitôt, et lui commanda de faire seller son cheval, puis alla s'habiller.

Au bout d'une demi-heure, il rentrait, en costume de route. Le groom n'avait pas encore fait son apparition et Randolph se mit à arpenter rageusement la pièce en consultant sa montre à chaque minute. Il jurait de faire attacher et fouetter le groom jusqu'au sang, s'il manquait son rendez-vous et finalement sonna encore Dinah.

— Je parie que la garce a oublié de prévenir le groom, grommela-t-il entre ses dents.

Dinah parut, calme.

— Avez-vous commandé mon cheval ?

La femme se mit à trembler, affreusement pâle.

— No, massa, mo ka oublié.

Il bondit de fureur.

— C'est ainsi ; c'est bien, je vous réponds que cela ne vous arrivera plus.

Et bondissant sur la pauvre Dinah, il la renversa, d'un tour de main lui releva ses jupes, et commença à la frapper furieusement, s'excitant, tapant de plus en plus fort sur la chair qui frémissait sous le cruel contact de ses gros poings.

Enfin il la repoussa violemment, en jurant.

— Oh ! Georges, lui dis-je. Comment avez-voue pu battre cette fille ?

Il me regarda durement :

— Je vous serais reconnaissant de vous mêler de ce qui vous regarde. Je fais ce qu'il me plaît de mes esclaves.

Il s'animait en parlant.

— Dieu me damne, jura-t-il, jamais personne ne s'est permis semblable remarque, et j'ai bien envie de vous fouetter comme cette femme.

Il l'aurait fait. Mon sang se glaça dans mes veines.

— Je vous demande pardon, fis-je d'une voix étranglée…

Je suis désolée que ma prière ait pu vous contrarier.

— C'est bien. Mais sachez que je déteste les observations.

Enfin, il quitta la salle. Je poussai un soupir de soulagement en le voyant disparaître dans l'avenue, au grand trot de son cheval.

La nouvelle de la punition de Dinah s'était vivement répandue par toute la maison. Comme elle était femme de charge, et obligé de rapporter à son maître toutes les fautes commises par ses gens, elle n'était pas très aimée des noirs.

Je fis venir Dinah auprès de moi. Je fus surprise de la trouver plus fraîche que jamais, ses cheveux bien en ordre sous un bonnet blanc, un tablier, un col et des manchettes très propres. Sa figure avait son habituelle expression de placidité mais ses yeux étaient un peu rouges.

— Je vous plains, ma pauvre Dinah, lui dis-je, votre maître vous a battus sévèrement.

Quoiqu'un peu surprise de la sympathie que je lui témoignais, elle parut néanmoins s'en montrer reconnaissante, et me remercia, en disant :

— Mo ka tini bocoup fouettée dans ma vie, mais mo jamais croire quo Massa baillé à mo fessée tan coin pitit fille. Mo l'a pas reçu chose comma ça depuis mo tini treize ans. Mo ha reçu deux fois la batte mais la main de Massa être quasi dure comme batte.

Dinah avait parlé sans émotion : elle ne trouvait pas étrange qu'une femme de son âge fut fouettée d'une manière aussi cruelle, et elle ne paraissait pas en garder rancune à son maître. Elle était son esclave : son corps était sa propriété : il était par conséquent libre de faire d'elle ce que bon lui semblait. Et l'état d'âme de Dinah était semblable à celui de tous les noirs, pauvres gens subissant de gaieté de cœur la pire des dégradations, résignés à souffrir comme des bêtes sous le bâton, sans aucune velléité de révolte.

Je m'habillai pour dîner et, en entrant dans la salle à manger, j'y trouvai Randolph déjà installé.

Il avait manqué son rendez-vous. Je m'attendais donc à le trouver de fort méchante humeur, mais, à ma grande surprise, il se montra fort doux et aimant, la nuit qui suivit surtout.

23
Nord contre Sud

Je vais franchir une période de quatre mois. Pendant ce temps, les événements s'étaient aggravés : les États esclavagistes, séparés du Nord, avaient élu un Président du Sud, Jeff Davis, et s'étaient brusquement emparés du fort Sum ; la guerre enfin était commencée.

Malgré le mauvais état des affaires, le travail continuait à la plantation, mais tout y allait assez mal. Les noirs, informés de ce qui se passait à l'extérieur, donnaient fréquemment des signes d'insubordination ; Randolph et ses surveillants se promenaient continuellement armés de revolvers. Les punitions étaient encore plus nombreuses et terribles que par le passé et grâce à ce surcroît de sévérité, la discipline était quand même maintenue.

Dans la maison, de rares exceptions près, les femmes devenaient difficiles à conduire, mais de ce côté non plus, Randolph ne supportait pas la moindre faute. Aussi Dinah, aidée d'une esclave nommée Milly, devait-elle constamment infliger de terribles fustigations. Le sang coulait parfois.

Puis, subitement, les affaires subirent un arrêt. Les greniers et magasins pleins de coton ne se vidaient plus. Comme les revenus de Randolph consistaient surtout dans la vente du coton, il se trouva brusquement avec peu d'argent liquide, et malgré sa douloureuse détresse, il espérait fermement que le Sud sortirait victorieux de la lutte.

Quant à moi, est-il besoin de le répéter, toutes mes sympathies allaient aux Nordistes. Je me gardais bien, naturellement, de faire part de mes espérances à Georges, qui, très violent, m'eût peut-être tuée en apprenant ce qui se passait en mon âme.

Randolph quittait rarement la plantation et ne recevait plus personne. Ses amis étaient d'ailleurs, tous enrôlés dans les rangs des combattants. Entre temps, il avait été élu membre du Congrès de la Confédération du Sud. Contraint de demeurer à Woodlands, Georges commença à m'apprécier davantage et me traita un peu moins en machine à plaisir. Avec ses esclaves, il était de plus en plus strict ; depuis le commencement de la guerre, plusieurs noirs s'étaient évadés et Randolph avait offert deux cents dollars pour la capture de chaque déserteur, mais ce fut inutilement, heureusement pour les fugitifs. Ces pertes de bétail humain le tracassaient beaucoup : ces noirs valaient chacun de quinze cents à deux mille dollars. Jusqu'alors aucune des femmes n'avait tenté de s'échapper, lorsqu'un matin, Dinah vint nous prévenir qu'une esclave appelée Sophie, sortie la veille au soir, n'avait pas reparu.

Sophie était une belle mulâtresse de vingt-six ans, qui pouvait valoir dix-huit cents dollars. Randolph envoya immédiatement son signalement de tous côtés, promettant une forte récompense à qui la ramènerait à Woodlands ou la ferait incarcérer dans une prison de l'État. Un soir vers cinq heures, deux hommes arrivèrent, ramenant la mulâtresse dans une voiture ; ils l'avaient retrouvée dans le quartier des esclaves d'une habitation située à vingt-cinq milles de Woodlands.

La femme dont les poignets étaient ligotés, n'avait évidemment pas souffert depuis son départ ; sa robe était propre ; elle paraissait seulement épouvantée, n'ignorant pas ce qui l'attendait.

Randolph était très heureux d'avoir retrouvé son esclave. Le lendemain, à déjeuner, il me dit qu'il avait décidé d'infliger à Sophie un châtiment exemplaire ; elle serait fouettée avec la *batte*, dans le hall, devant toutes les femmes réunies.

Puis il sortit faire tout préparer pour l'exécution. Vingt minutes après, il rentrait, me disant :

« Tout est prêt en bas ; vous n'avez jamais vu appliquer la batte ; si vous vouiez, vous pouvez descendre, ça vous amusera. »

Certes, il était triste de voir fouetter une femme, mais je m'y étais quelque peu habituée, et ma curiosité avivée par la promesse d'un spectacle que je n'avais jamais vu, je suivis Georges.

Dans le milieu de la pièce, était installé un long bloc de bois, large d'environ deux pieds, et supporté par quatre piquets munis de courroies. Sur le plancher, à côté, était la batte : c'était une espèce de battoir semblable à celui des laveuses, mais n'ayant qu'un demi-centimètre à peine d'épaisseur, et monté sur un manche de deux pieds et demi de long ; c'était là l'instrument le plus redouté, car après son application, la peau restait endolorie beaucoup plus longtemps qu'avec la courroie ou la baguette.

Toutes les femmes de la maison étaient présentes. Dinah, seule, se tenait près du bloc. Aidée de Milly, elles s'emparèrent de la coupable.

— Oh ! massa, criait celle-ci, étendant les bras en sanglotant, vous pas baillé batte à ma, baillé ma fessade avec courroie ou baguette, mais pas baillé batte…

— Étendez-la, commanda Randolph.

En un instant, elle fut solidement ligotée sur le chevalet, et ses jupes relevées.

Randolph prit la batte, et se plaçant à la gauche de la coupable, lui dit :

— Maintenant, chienne, je vais recouvrer sur votre peau les quatre cents dollars que m'a coûtés votre évasion.

Puis il leva la batte aussi haut qu'il le pût. Dans l'attente du coup, la femme avait frissonné, serrant les jambes. L'instrument retomba, claquant comme un coup de fouet, sur la partie supérieure de la fesse gauche. Sophie remua convulsivement, et poussa un long cri de douleur. Une large marque rouge était apparue sur la peau. Le second coup tomba à gauche et fut suivi d'un nouveau cri et d'une nouvelle marque.

Georges continua de frapper rudement, visant alternativement à droite et à gauche un endroit nouveau. Le supplice prit fin. Le châtiment avait été terrible ; Randolph jeta la batte et ordonna à Dinah de délivrer la femme qui, sitôt détachée, roula à terre en proie à la plus affreuse douleur.

Je remarquai que les femmes présentes, habituées à la vue de semblables corrections, n'étaient nullement émues par cette scène de sauvagerie.

Les semaines s'écoulaient sans grand changement dans notre existence. La guerre battait son plein et les troupes nordistes approchaient ; les fédéraux étaient entrés en Virginie et n'étaient plus qu'à peu de distance de Woodlands.

Puis eut lieu la bataille de Bull-Run, perdue par les Nordistes. Quand la nouvelle de la victoire des confédérés nous parvint, Randolph ne me cacha pas sa joie. J'étais désolée de cette défaite, mais je ne tardais pas à reprendre courage, dans l'attente d'autres victoires de mes compatriotes.

24
Guerre et amour

Peu après la bataille de Bull-Run, Randolph fut convoqué à Richmond pour assister à un Congrès tenu par les chefs des confédérés. Comme son absence devait être de longue durée, il me donna des instructions détaillées au sujet des travaux à faire exécuter, et m'ordonna de lui écrire deux fois par semaine.

Dès le jour du départ de Randolph, je décidai qu'autant que possible, on ne fouetterait plus sur la plantation ; ces ordres, qui ne concernaient que les femmes, surprirent les major-domes, mais je crois qu'ils s'y conformèrent.

Au dehors, la guerre faisait rage et les troupes des fédérés se concentraient déjà autour de Richmond ; beaucoup de plantations voisines étaient occupées militairement par les Nordistes et je m'attendais d'un moment l'autre voir mes compatriotes, les garçons en bleu, comme on les appelait, faire leur apparition chez nous.

Ils arrivèrent enfin !

Une après-midi, j'étais à ma fenêtre, lorsque j'aperçus une bande de soldats, conduite par un jeune officier, et suivie d'une voiture régimentaire. Ils firent une pause devant la terrasse, disposèrent leurs armes en faisceaux et se mirent à décharger leur voiture qui contenait des objets de campement et des vivres. Mon cœur battait violemment, et je m'assis sur un sofa en attendant le dénouement de la perquisition qui ne devait pas manquer d'avoir lieu.

Quelques instants après, en effet, Dinah annonça l'officier, qui dit, en me saluant de la façon la plus courtoise :

— Madame, j'ai reçu l'ordre d'occuper cette plantation, mais je vous promets de ne rien détruire, ni d'arrêter le travail. Je logerai mes hommes dans le quartier des esclaves, mais je vous prierai de me faire donner une chambre dans la maison.

— Je suis heureuse de vous voir, monsieur, répondis-je en souriant. Je suis née dans le Nord et toutes mes sympathies sont pour vous. Prenez un siège, et je vais donner des ordres pour qu'une chambre confortable vous soit préparée.

Il s'assit, l'air très surpris. Cet officier, grand et blond, pouvait avoir vingt-sept ans ; son visage plein de distinction décelait la franchise ; il avait une longue moustache blonde et portait élégamment l'uniforme simple des officiers du Nord.

Au bout d'un instant, la conversation avait pris entre nous un caractère de cordiale familiarité. Il me dit se nommer Franklin et être capitaine. De plus, il était né en Pennsylvanie, ainsi que moi. Cette découverte nous réjouit ; aussi notre causerie, jusqu'à l'heure du repas ne languit-elle pas un seul instant.

Je mis pour le dîner une de mes plus jolies toilettes, et je descendis dans la salle à manger y attendre le capitaine

Franklin.

Me saluant avec une respectueuse aisance, il me remercia tout d'abord d'avoir bien voulu lui réserver un appartement dont l'aménagement le ravissait. Il avait quitté son uniforme et portait maintenant un vêtement civil, sous lequel il paraissait fort élégant.

Nous nous mimes à table, et je m'aperçus, non sans en éprouver une intime satisfaction, qu'il faisait grand honneur aux plats fins et plus encore aux vieux vins de Woodlands. En riant il me disait sa joie d'avoir pu utiliser de façon si inespérée son billet de logement. La conversation était fort agréable et pleine de charme.

Le dîner terminé, il me pria de l'excuser ; il avait, disait-il, à s'occuper de son service.

Je montai à ma chambre et écrivis à Randolph pour le mettre au courant de la situation ; j'avais été prévenue qu'il se trouvait non loin de là.

La réponse ne se fit pas attendre. Il me disait qu'il préférait ne pas revenir à Woodlands où il ne pourrait assister impassible à l'envahissement de sa propriété. Il m'annonçait que sitôt qu'il aurait loué une maison, à Richmond, il m'enverrait chercher.

Cependant, le capitaine Franklin était toujours plein d'égards pour moi, et me traitait avec plus extrême déférence.

Je m'étais vite aperçue de l'impression que je lui causais, et à certains signes qui n'échappent jamais une femme, je surpris facilement qu'il éprouvait plus que de la sympathie pour moi. De mon côté, le capitaine me plaisait beaucoup ; ses manières galantes et polies m'avaient à peu près conquise, si bien que l'amour, amour que je n'avais jusque-là ressenti pour personne, avait envahi mon cœur.

Je pressentais le danger de cette passion et, anxieuse, je me demandais s'il la partageait. J'avais une envie folle de sentir se poser ses lèvres sur mes lèvres et entendre de lui ces mots tendres qui tous pénètrent l'âme tant et si bien que mon amour qui grandissait chaque jour me fit brusquer les événements.

Le capitaine m'ayant dit un soir que son parfum préféré était celui de la violette, je ne manquai d'en saturer ma toilette et d'en vaporiser mon corps et mes dessous.

C'est ainsi que, dans un ajustement coquet aux mille détails féminins, je fis mon entrée dans la salle.

Franklin, que je n'avais pas vu depuis le matin, s'y trouvait déjà. Il me tendit la main, et sans m'en rendre compte je lui abandonnai la mienne plus longtemps qu'il n'était décent.

Pendant le dîner, il fut très gai, riant, causant aimablement, puis nous passâmes au salon. Jusque-là, le capitaine n'avait pas dépassé les bornes de la plus stricte courtoisie. Il fallait donc que ce fût moi qui devinsse entreprenante.

Sous prétexte de m'aider à dévider un écheveau de laine, je le fis placer à côté de moi, et je m'assis sur un tabouret à ses pieds, de façon que son regard plongeât dans mon corset par la large échancrure de mon corsage.

Puis, prétextant soudain un subit et violent mal de tête, je me levai en chancelant. Il s'élança pour me soutenir, me portant sur le canapé. D'un coup de genou savamment combiné, j'avais fait remonter mes jupons.

Franklin vit ma jambe, et, cette fois, n'y tint plus.

II m'enlaça dans une étreinte à m'étouffer, et me mit sur les lèvres un baiser passionné en murmurant :

— Je vous aime !...

Je ne me défendais nullement ; bien au contraire. Je lui rendis son baiser et... vous devinez le reste de l'aventure.

Je lui racontai mon odyssée et, en détails, les moyens horribles employés par Randolph pour ne forcer a habiter Woodlands. Il fut ému par mon histoire, et, lorsque je l'eus terminée, il m'embrassa tendrement en me disant :

— Je suis sans grande fortune et ne puis, par conséquent vous offrir le luxe que vous avez ici, mais je vous apporte mon amour et ma volonté et pour une âme aimante comme la vôtre, je pense que cela peut suffire.

— Oh ! je vous suivrai avec bonheur partout où vous serez, vous qui êtes mon premier et seul amour, mais êtes-vous bien certain de m'aimer toujours ?

— Pouvez-vous en douter, cruelle ?

Et après un long baiser aussitôt suivi d'une autre manifestation d'amour, nous nous séparâmes jusqu'au lendemain.

25
Les Bushwhackers

Nous étions trop heureux pour que notre bonheur fût durable !

Un jour le capitaine Franklin reçut l'ordre de partir avec son détachement : il devait rejoindre le gros de l'armée.

Notre séparation fut cruelle et je me pris à maudire la fortune, jalouse du moment de bonheur qu'elle avait accordé à mon âme.

Franklin s'éloigna, après m'avoir fait promettre de lui écrire.

Je me mis à la fenêtre, les yeux pleins de larmes, pour voir disparaître à la tête de son détachement le seul homme que j'aie jamais aimé d'amour véritable.

Arrivé au bout de l'avenue, il se retourna, me salua du sabre, puis disparut. Je ne devais plus le revoir : l'année suivante il fut tué à la bataille de Cedar Mountain.

Cependant, quinze jours s'étaient écoulés. Randolph ne revenait pas. J'étais très inquiète : les esclaves donnèrent fréquemment de visibles signes d'insubordination, et j'écrivis à Georges de venir ou de m'appeler auprès de lui, quoiqu'il en coûtât à mon cœur de reprendre la vie commune d'autrefois.

Dans sa réponse, il me disait d'aller le rejoindre à Richmond, où il avait loué une superbe maison.

Je fis faire immédiatement mes malles, et commandai de préparer la voiture qui devait me transporter avec mes bagages.

Le vieux cocher, Jim, parut un peu effrayé de ma décision, m'apprenant que, depuis le commencement de la guerre, les chemins étaient infestés par les détrousseurs de grande route, des Bushwhackers et qu'il était peu prudent de voyager avec des valeurs sur soi. Il finit par me conseiller de laisser mes bijoux à la garde de Dinah, et jugeant bon l'avis du vieux Nègre je rouvris mes malles pour en sortir mes bijoux, que j'enfermai dans un coffre-fort dissimulé dans la muraille de la chambre de Randolph.

À quatre heures, le buggy, attelé de deux bons chevaux, s'arrêta devant le perron et, mes malles chargées, je commençai mon voyage.

L'après-midi était splendide.

Très légèrement vêtue, je ne souffrais nullement de la chaleur. Je passai les rênes à Jim et m'abandonnai à mes pensées. La route était superbe, et une légère brise nous caressait agréablement. Certes, je n'étais pas enchantée de revoir Randolph, mais j'espérais m'amuser à Richmond, du moins mieux qu'à Woodlands.

Comme nous étions arrivés en haut d'une longue côte, et que Jim avait mis ses chevaux au pas, pour les laisser souffler un peu, je le fis causer et lui dit que bientôt peut-être il serait un homme libre. Il hocha la tête, m'affirmant qu'il était bien beau de vivre à sa guise, mais qu'il était absolument incapable de gagner sa vie et que presque tous les esclaves pensaient comme lui.

Nous en étions là de notre conversation quand soudain quatre hommes à l'aspect peu rassurant sortirent des bois et, braquant d'énormes revolvers dans notre direction, noua crièrent :

— Lâchez les rênes et levez les mains en l'air.

— Par Dieu, maîtresse, les Bushwhackers, me souffla Jim à mi-voix, puis il leva les mains, pendant que, glacée d'épouvante, je me cachais en criant.

Deux des bandits s'approchèrent et, avec force jurons, nous intimèrent l'ordre de descendre. Toute résistance était impossible et, immédiatement, malgré nos terreurs, il nous fallut obtempérer à l'ordre ; les bandits s'assurèrent tout d'abord que nous n'étions pas en état de fuir ; alors les Bushwhackers remirent leurs revolvers à la ceinture et se mirent à l'ouvrage : les traits de la voiture furent enlevés et l'un des hommes, montant sur un cheval et tenant l'autre par la bride, s'éloigna au grand trot.

Les trois détrousseurs qui restaient jetèrent sans façon mes malles à terre, et les ayant brisées, commencèrent à fouiller parmi les étoffes et les robes. Ils furent vivement désappointés de n'y trouver ni bijoux ni argent et l'un d'eux, s'approchant de moi, m'ordonna rudement de lui donner ma bourse.

Il n'y trouva que cinq dollars ; il se mit à jurer furieusement.
Puis se tournant vers Jim :

— Vous, vieux négro, filez rapidement sans tourner la tête.
C'est compris, n'est-ce pas ?

— Non Massa, répondit Jim, mo ka pas quitté maitesse.

L'homme tira son revolver et l'appliqua sur la tempe du
vieux Nègre.

— Allons, au trot, ou je vous casse la tête…

Jim n'avait pas fait un mouvement, et de se grands yeux
tranquilles il continuait de fixer l'homme.

Je crus comprendre que les bandits voulaient me garder
pour me rançonner et je lui dis :

— Vous pouvez partir, Jim ; allez mon ami, vous ne sauriez
m'être utile maintenant.

— Oh ! maitesse, mo ka pas l'aimé laissé vous seule com
yon becqué, une ka couri Woodlands.

Puis il s'en alla lentement, tournant la tête de temps à autre.

Le chef vint à moi :

— Il est déjà tard, dit-il, aussi nous allons vous donner
l'hospitalité pour la nuit. Demain matin vous trouverez probablement une voiture qui vous conduira à Richmond.

Puis, me saisissant le bras, il me fit prendre un petit sentier
à travers bois. Nous marchâmes pendant un mille environ,
et arrivâmes à une petite cabane de bois, grossièrement
construite.

Une lampe fut allumée, et je vis avec terreur le lieu dans

lequel je devais passer la nuit.

Les murs étaient faits de tronçons d'arbres, le toit de brindilles et de branchages ; le mobilier se composait de quatre lits faits en feuillée et recouverts de peaux de bêtes ; une planche servait de table.

Au milieu de la cabane, un feu de bois se consumait lentement ; l'un des hommes y jeta une bûche, et, détachant une poêle qui pendait au mur, y fit frire quelques tranches de lard qu'il plaça sur la table avec un morceau de pain noir et une bouteille de whiskey.

Puis tous trois se mirent à manger, m'invitant à en faire autant.

Naturellement, je m'en abstins et rejetai dédaigneusement l'offre.

Alors, l'un d'eux prit la parole :

— Nous avons été très désappointés en ne trouvant rien dans vos malles, ma belle enfant. Comme nous n'avons pas l'habitude de travailler pour rien, il faut que d'une façon ou d'une autre nous soyons payés.

— Oh ! m'écriai-je vivement, si l'un de vous veut m'accompagner à Richmond demain, mon mari, M. Randolph, vous donnera la somme que vous fixerez.

— Non, il est inutile que vous nous fassiez une proposition semblable. Et comme nous n'avons pu tirer d'argent de vous, nous allons nous payer sur votre personne !...

26
Nuit horrible

Je vous laisse à penser l'état dans lequel m'avait mise cette déclaration :

— Oh ! implorai-je, vous ne m'infligerez pas pareil traitement ; croyez-moi, je vous enverrai tout l'argent que vous voudrez ; mais laissez-moi partir, ajoutai-je en sanglotant. Ils se prirent à rire bruyamment :

— Vos larmes sont superflues, la belle ; nous n'en agirons pas différemment pour cela, dit celui qui paraissait le plus âgé des trois ; puis se tournant vers ses sombres compagnons :

— Allez, camarades, déshabillez la donzelle et attachez-la.

Et malgré mes cris et ma résistance, je me trouvais en un instant nue et ligotée aux quatre coins d'un lit.

Ils commencèrent à m'examiner, admirant à haute voix ma peau et la finesse de mes formes, surenchérissant sur des particularités que j'eusse voulu cacher et se décidèrent enfin à commencer leur monstrueuse besogne.

Ils tirèrent au sort ma possession ; mais, hélas ! je n'en devais pas moins subir les assauts répétés de chacun d'eux ; tous les trois me violèrent…

Je ne puis vous raconter les horreurs que j'ai supportées. J'étais à moitié morte de dégoût ; une sueur froide ruisselait sur mon front ; et j'étais toute meurtrie, leur façon d'aimer étant faite de brutalité immonde et de rudesse infâme.

Ils délièrent enfin mes membres les courroies avaient laissé des marques rouges sur ma peau brûlée de leurs monstrueuses caresses.

Je m'habillai péniblement, et m'étendis sur le lit grossier cherchant un peu d'oubli dans le sommeil. Mais quoique physiquement et moralement éreintée, je ne pus fermer l'œil.

Je n'oublierai jamais les tortures de cette épouvantable nuit. J'avais une peur affreuse que ces individus voulussent me garder avec eux.

Le jour vint pourtant, et les rayons du soleil levant glissèrent par les trous des claies qui fermaient la cabane.

Cependant les hommes s'éveillèrent et préparèrent du café. Inconsciente, j'en bus avidement un gobelet, ce qui me rafraîchît un peu.

Puis ils m'annoncèrent qu'ils allaient me rendre ma liberté. L'un d'eux, me prenant le bras et me poussant hors de la cabane, me conduisit alors jusqu'à la route après m'avoir fait faire mille détours. Puis, il disparut dans les fourrés des bois. Je m'étais assise au revers du chemin ne sachant au juste ce que je devais faire, quand une voiture parut. Je m'avançai vers le conducteur qui voulut bien me conduire jusqu'à Richmond.

Arrivé devant la maison de Randolph, le brave homme arrêta son cheval et m'aida à descendre.

Je frappai à la porte ; une jolie femme de chambre vint m'ouvrir et me considéra avec étonnement, comme hésitant. Mais, quand je lui eus dit qui j'étais, elle me conduisit près de Randolph.

— Oh ! Dolly, s'exclama Georges, comme vous voilà faite ! *(Je devais en effet avoir une mine affreuse.)*

— D'où venez-vous ? Je vous attendais à huit heures, hier soir. Où est Jim ? Où est la voiture ?

Cet accueil inattendu acheva de me déconcerter.

— Eh ! ne m'accablez pas avec vos questions ; il y a près de vingt-quatre heures que je n'ai mangé et je suis malade de faim, de fatigues et d'épouvante. J'ai besoin de secours, je parlerai ensuite.

Stupéfait, il obéit. J'étais réellement affamée, et je fis un bon repas et bus deux grands verres de vin.

Puis, me sentant remise, je m'assis dans un fauteuil et fis à Randolph le récit de mes aventure mais sans parler des outrages dont je venais d'être victime.

e ne sais s'il se douta que je lui cachai quelque chose, mais il ne me posa pas de questions allusives. Il paraissait seulement très contrarié de la perte de ses deux beaux chevaux :

— Dieu damne les brutes, dit-il, je n'aurais pas donné ces deux bêtes pour huit cents dollars ! quant à votre garde-robe, elle peut être facilement remontée. Je vais aller prévenir la police par acquis de conscience, mais sans grand espoir ; par ces temps de bouleversement et de guerre on n'est jamais sur.

Enfin, n'y tenant plus, brisée de fatigues, je me couchai

et m'endormis, malgré les exhortations de Randolph, qu'une continence forcée avait mis en appétit…

27
La prostituée

Je me levai tard le lendemain matin, et partis faire différentes courses. Randolph tenait à ce que je fusse toujours bien mise. Très généreux sous ce rapport il ne négligeait rien.

En quelques jours, ma garde-robe fut remplacée

Georges était ailé chercher mes bijoux à Woodlands.

La plantation était dans un état affreux ; les esclaves refusaient de travailler, malgré Dinah et les surveillants qui ne pouvaient maintenant les y contraindre.

À Richmond, la vie était triste. Les nombreux échecs des Sudistes avaient semé le deuil partout. Randolph se décida à quitter Richmond et il fut convenu que nous partirions pour New York. Cette nouvelle m'enchanta, et c'est avec ravissement que je m'installai avec lui dans le meilleur hôtel de la ville.

Pendant quelque temps, je fus relativement heureuse.

J'avais de très belles toilettes, Georges m'emmenait fréquemment au spectacle et devenait très aimable pour moi.

Les semaines s'écoulaient rapidement et, par un inexplicable et subit revirement, je remarquai que Randolph devint subitement froid et réservé à mon égard. Il rentrait tous les jours fort tard : je compris qu'il était peut-être l'amant d'autres femmes. Un jour, il m'entraîna dans sa chambre :

— J'ai résolu, me dit-il, d'aller en Europe avec plusieurs amis ; en un mot, Dolly, l'heure de la séparation a sonné. Mais il n'y a pas de voire faute ; je n'ai jamais eu à me plaindre de vous ; en conséquence, je vais acheter pour vous une petite maison, et la meublerai convenablement. Vous recevrez une bonne somme pour commencer. Vous êtes jeune, jolie et intelligente, je suis certain que vous réussirez à New York.

C'était une façon un peu brutale de me signifier mon congé, mais en somme, il ne m'abandonnait pas sans ressources.

Je me mis à songer ; mon avenir ne m'apparut pas sous des couleurs très brillantes, mais il fallait que je me courbasse sous la loi d'inéluctables circonstances.

Le lendemain donc, après de nombreuses recherches, Randolph acheta, à mon intention, une petite maison qui fut immédiatement meublée avec quelque goût. Puis, en m'y installant, il me donna mille dollars. Je pris deux domestiques noires et devins dès lors propriétaire.

Une après-midi, Randolph me rendit visite et m'aborda en ces termes :

— Vous savez, Dolly, que j'adore fouetter une femme ; il est peu probable qu'à l'avenir je puisse me payer cette agréable fantaisie en Europe ; aussi faut-il que vous me permettiez de vous laisser fustiger sérieusement avant mon départ.

Cette étrange proposition ne me souriait guère, mais je n'eus pas la force de lui refuser ; j'acceptai donc, lui recommandant toutefois de ne pas me frapper trop fort si je lui passais cette dernière fantaisie.

Prenant un mouchoir, il m'attacha les mains, malgré ma défense. Puis, s'asseyant sur une chaise et me renversant sur ses genoux, il me traita ainsi qu'une petite fille, malgré mes pleurs et mes supplications.

« Là, Dolly, maintenant tout est fini entre nous ; vous avez reçu de moi la dernière fessée. »

Puis il m'embrassa une dernière fois, me dit adieu et, tranquillement sortit de ma maison.

Il partit pour l'Europe dès le lendemain et depuis, je ne l'ai plus revu. Je sais pourtant aujourd'hui qu'il est revenu et qu'il habite Woodlands.

***

Au bout de peu de temps, mes ressources diminuèrent rapidement. Malgré toute ma volonté et la lutte intérieure qui se livrait entre ma conscience et la nécessité, il fallut me résoudre me laisser pousser vers la chute finale.

J'étais jolie, et bientôt j'eus un grand nombre d'adorateurs.

Je haïssais cependant mon horrible profession et certes, je puis affirmer que je ne m'y suis jamais faite. À deux reprises déjà, j'ai été demandée en mariage, mais je me suis jurée de n'épouser que quelqu'un que j'aimerai réellement. Peut-être un jour mes vœux seront-ils exaucés.

L'an dernier, je suis allée passer quelques jours à Philadelphie où j'ai eu des nouvelles de Miss Dean, Elle est toujours aussi bonne qu'autrefois et continue à être très charitable. Je crois que ses aventures en Virginie sont ignorées. J'aurais bien voulu revoir ma douce amie, mais ma présente condition me le défendait. C'est pour moi un grand chagrin.

Maintenant, mon histoire est finie et vous savez pourquoi je hais les Sudistes.

Ils sont la cause de tous mes malheurs et de ma chute dans le vice. Sans eux, je n'eusse pas été martyrisée par les Lyncheurs, et je n'aurais pas été obligée de me livrer à Randolph. Trois bandits ne m'auraient pas violée et enfin, malheur de moi ! je ne serais pas une prostituée.

NOTE

Ici s'arrête le récit que m'a fait Dolly Morton.

Tant que je demeurai à New York, je la revis ; j'avais pitié de son infortune. Le jour de mon départ je lui donnai mon adresse, lui disant que je serai heureux d'avoir parfois de ses nouvelles.

Je crois que la pauvre fille m'aimait un peu : le jour où elle me dit adieu, des larmes coulèrent de ses doux yeux.

Six mois plus tard, je l'avais à peu près oubliée – ainsi sommes-nous faits – lorsque je reçus d'elle une lettre m'annonçant son mariage avec un homme un peu plus âgé qu'elle et qui avait un commerce florissant. Elle l'aimait vraiment et l'avenir s'annonçait heureux.

J'en fus satisfait pour elle. C'était ma foi, une brave créature et, quoiqu'un peu faible de caractère, je suis persuadé qu'elle a dû être une excellente femme de ménage fidèle à l'homme qui l'avait tirée de l'abîme.

Depuis, je n'ai plus entendu parler d'elle ; je souhaite de tout cœur que cette pauvre femme ait maintenant l'existence heureuse. Elle a souffert beaucoup sans l'avoir mérité et la vie lui doit bien la compensation de quelques jours heureux.

*** *

Dans le manuscrit écrit sous la dictée de Dolly Morton, se trouvaient beaucoup de passages que les besoins d'une publication m'ont obligés de supprimer. Ces quelques lignes non parues n'ajoutaient rien, d'ailleurs, à la lamentable odyssée de cette femme et j'ai cru bien faire en la livrant ainsi expurgée au public.

Table des matières

ISBN ebook : 9782512007791
ISBN papier : 9782512008996
Dépôt légal : D/2018/12603/67

Couverture : © Hélène Massart
Conception numérique : Primento, le partenaire numérique
des éditeurs